मेरे संधि-पत्र

उपन्यास

मेरे संधि-पत्र

सूर्यबाला

राजकमल प्रकाशन

1976 से *धर्मयुग* पत्रिका में धारावाहिक प्रकाशन
1978 में पहला पुस्तकाकार संस्करण पराग प्रकाशन से
2003 में नेशनल पब्लिशिंग हाउस से पुनर्प्रकाशन

ISBN : 978-93-88933-94-0

मूल्य : ₹395

पहला राजकमल संस्करण : 2019

प्रकाशक : राजकमल प्रकाशन प्रा. लि.
1-बी, नेताजी सुभाष मार्ग, दरियागंज
नई दिल्ली-110 002

शाखाएँ : अशोक राजपथ, साइंस कॉलेज के सामने, पटना-800 006
पहली मंजिल, दरबारी बिल्डिंग, महात्मा गांधी मार्ग, इलाहाबाद-211 001
36 ए, शेक्सपियर सरणी, कोलकाता-700 017
वेबसाइट : www.rajkamalprakashan.com
ई-मेल : info@rajkamalprakashan.com

मुद्रक : बी.के. ऑफ़सेट
नवीन शाहदरा, दिल्ली-110 032

MERE SANDHI-PATRA
Novel by Suryabala

मेरे संधि-पत्र

यह कृति...
यानी राजा की सातवीं बेटी

ये रचनाएँ, कृतियाँ भी हम इनसानों की तरह ही होती हैं। हमारी तरह ही अपने भाग्य की पिटारी लिए आती हैं और संयोगों, दुर्योगों से गुजरती, कब स्वाति नक्षत्र की सीपी की तरह, किस पाठक की हथेलियों की शरणस्थली पाकर, मोती बन जाएँगी, कोई कह नहीं सकता। कुछ ऐसी ही कहानी है मेरी इस पहली औपन्यासिक कृति 'मेरे संधि-पत्र' की...(तभी तो चालीस वर्षों के अन्तराल पर 'पाखी' सम्पादक अपूर्व जोशी इसे पढ़ते हैं और अपनी पत्रिका में कालजयी उपन्यास के पुनर्पाठ के रूप में प्रकाशित करते हैं।)

पहली बार 1978 यानी आज से साढ़े चार दशक पहले प्रकाशित यह उपन्यास, अपने पहले संस्करण के बाद, एक-दो नहीं पूरे पच्चीस वर्षों तक साहित्य के प्रत्यक्ष परिदृश्य से लगभग अदृश्य ही रहा (कुछ बेहद बेवजह कारणों से)। 2003 में पुनर्जन्म की तरह यह दूसरे प्रकाशन से आता है लेकिन ग्रहदशाओं की प्रतिकूलता इसे वापस गुमनामी के अँधेरे में ढकेल, बाजार से गायब कर देती है...

लेकिन वाह री कृति!...कि जीने की जिद नहीं छोड़ती और इतने पूरे वर्षों अपने पाठकों के हृदय में स्पन्दित रहती है। वे न शिवा को भूल पाते हैं न उसकी बेटियों को और न रत्नेश को ही।...जब तब इसकी चर्चा करते

देखे जाते हैं...कभी फोन पर मुझसे पूछते हैं, कभी किताबों की दुकान पर और कभी ई-मेल पर।

शायद यही वह शै है जो इस कृति को फिर से अपने पाठकों के बीच ले आई वरना मैंने, उसकी जन्मदात्री ने तो उसे लगभग उपेक्षित कर, उसे भगवान आसरे ही छोड़ दिया था।...अब राजा की सातवीं बेटी की तरह, यह कृति 'अपने भाग्य का खाने वाली राजकुमारी' ही हुई न! तो अशोक महेश्वरी जी और निरुपम जी का शुक्रिया...लेकिन उससे भी पहले मेरी कलम और यह कृति सतत ऋणी है, आदरणीय धर्मवीर भारती जी की जिन्होंने एकदम नई-नकोर इस लेखिका के पहले उपन्यास को भरपूर सराहा और 'धर्मयुग' में ससम्मान प्रकाशित कर इसे घर-घर में पहुँचा दिया।

फिर से अपने पाठकों को आभार सहित—

22 सितम्बर, 2019 —**सूर्यबाला**
मुम्बई

अपना स्वीकार

'मेरे संधि-पत्र' बनाम शिवा के संधि-पत्र, उसकी ज़िन्दगी के नाम... ज़िन्दगी है भी यही—संधियों का एक अटूट सिलसिला, निरन्तर प्रवाहित, जीवन की निसर्ग-निर्बाध धारा में बस एक चीज़ शिवा की अपनी थी—इस धारा की गहराई। जीवन भर इसमें डूब-डूब कर वह अपने को थहाती रही, यही उसकी नियति थी। छप्पर फाड़कर मिले सुख-सौभाग्य, ऐश्वर्य, मातृत्व, सबकी दुकान लगाये बैठी रही। सब अपने-अपने बाट लेकर आए, और जो जिसने चाहा तौलती, बाँटती चली गई। और अन्त में दुकान बन्द करने का समय आने तक उसके पास बच रहे ज़िन्दगी के नाम लिखे कुछ संधि-पत्र, बस।

अपनी ज़िन्दगी के शिलालेख लिये शिवा कब, कैसे मेरे मानसद्वार पर आकर खड़ी हो गई, मुझे ज्ञात नहीं। इतना जानती हूँ कि वह किसी विशेष घटना, पात्र या कल्पना के माध्यम से नहीं, बस यूँ ही कुछ संवेदनाओं के माध्यम से जब-तब मेरे ज़ेहन में चुपचाप आती, ठहरती और लौट जाती। मैंने उसकी ओर कोई विशेष ध्यान नहीं दिया था। लेकिन धीरे-धीरे कुछ ऐसा महसूस होने लगा कि आसपास जब-तब मेरी समूची संवेदना में बस शिवा ही शिवा है। और मैं लिखने के लिए विवश हो गई थी।

शिवा का सौन्दर्य मेरी अपनी आस्था और विश्वास का सौन्दर्य है। नारी

सौन्दर्य की जो गरिमा मुझे अभिभूत करती रही है, वही साकार रूप में शिवा है। शिवा एक सच है। लेकिन एक फूल की तरह नहीं, एक ख़ुशबू की तरह, जो मेरी संवेदना में इस तरह समाती चली गई कि उसके अनुरूप एक फूल की अवतारणा मुझे करनी पड़ी।

और परिणाम आपके सामने है। स्वयं मैंने सोचा भी नहीं था कि इतनी जल्दी अपने शिलालेख पूर्ण कर, अपनी समूची नियति के साथ शिवा इस विस्तृत गरिमामय मंच के कोने में चुपचाप आ खड़ी होगी। संकोच हो रहा है, इस छोटी सी कृति के साथ मनीषियों, आचार्यों और पारखियों के बीच आ खड़े होने में लेकिन विश्वास भी है, उनकी सम्मतियों, सुझावों, आशीर्वादों एवं हितसाधक फटकारों की सहायता से अपने लिए एक छोटी सी पगडंडी निकाल ले जाने का।

इसी विश्वास के साथ—

—सूर्यबाला

फ़्लैश बैक
पुनर्प्रकाशन की भूमिका

कभी-कभी ऐसे अभूतपूर्व संयोग / दुर्योग या विडंबनाएँ घट जाती हैं, जब ज़िन्दगी की ही तरह साहित्य में भी किसी रचना / कृति को भी निरपराध सजा भुगतनी पड़ती है। यद्यपि इसके पीछे न किसी की साज़िश होती है, न दुर्भावना ही।

फ़्लैश बैक में आपको ले चलूँ तो मेरा यह पहला उपन्यास 'धर्मयुग' में धारावाहिक प्रकाशित होने के साथ ही पाठकों का चहेता बन गया था। एकदम नई लेखिका होने के बावजूद एक प्रतिष्ठित प्रकाशक ने उसी वर्ष इसे पुस्तकाकार प्रकाशित भी कर दिया। उससे भी अधिक उत्साहवर्धक सूचना मुझे यह मिली कि दो-ढाई वर्षों के अन्दर इसका पहला संस्करण भी समाप्त हो गया और प्रकाशक शीघ्र ही दूसरा संस्करण निकालने जा रहे हैं।

बस, यहीं से शुरू होती है इस पुस्तक के साथ घटे दुर्योगों की कहानी। हुआ यह कि मैं तो प्रकाशक की तत्परता से निश्चिन्त होकर, कौटुंबिक दायित्वों और बड़े होते बच्चों से बचे सारे समय को पूरे उत्साह, पूरी तल्लीनता से लेखन को समर्पित करती रही। उधर प्रकाशक को काफ़ी गम्भीर पारिवारिक और आर्थिक समस्याओं से उलझते रहना पड़ा। स्वयं मैं भी अगले वर्षों में आई पुस्तकों—'दिशाहीन' और 'अग्निपंखी' आदि को लेकर अस्त-व्यस्त रही।

इस तरह प्रकाशक और रचनाकार दोनों की तरफ़ से अनचाही उपेक्षा और लापरवाही का शिकार होता गया यह उपन्यास। बस अब, बस अब के आश्वासनों और विश्वासों ने भी दो-तीन वर्ष खींच लिये। पुस्तक पिछड़ती गई।

अन्ततः जब होश आया, लोगों ने झकझोरा। एक दशक के क़रीब समय बीत चुका था। पुस्तक दूसरे प्रतिष्ठित प्रकाशक को सौंपी गई, लेकिन दुर्योगों का सिलसिला अभी समाप्त नहीं हुआ था। इन प्रकाशक महोदय ने मेरा नया उपन्यास 'दीक्षांत' तो अविलम्ब प्रकाशित कर दिया, लेकिन 'मेरे संधि-पत्र' के पुनर्प्रकाशन में हाथ लगाने के साथ ही स्वयं एक लम्बी अस्वस्थता और इलाज के दौर से गुज़रते रहे। ऐसी स्थितियों में मेरे अन्दर का बचा-खुचा इनसान, उलटे अपने 'लेखक' की भर्त्सना करने से बाज़ नहीं आता और सब्र कर बैठ जाता, क्योंकि ज़िन्दगी का दर्जा साहित्य, पुस्तक, प्रकाशन, आदि से बहुत ऊपर है। यद्यपि यह भी सच है कि ऐसी स्थितियों के बीच भी विभिन्न दृष्टिकोणों से 'ताक़तवर' लेखक अपने संसाधनों के बल पर अपनी पुस्तकें छपवा ही लेते हैं, पर सामान्यतः लेखकों के पास ज़्यादा विकल्प नहीं होते। मेरा तो ख़ास तौर से शिकायतों और आरोपों, प्रत्यारोपों पर विश्वास नहीं है। ऐसी स्थितियाँ, उनकी सम्भावनाएँ भी, मुझे सहमाती हैं, दुखी और खिन्न भी करती हैं। बेशक बौद्धिक और वैचारिक उसूलों तथा मान्यताओं की बात जब आती है तो मेरी गाड़ी अपनी पटरी नहीं बदलती।

तो, इतनी सारी बाधा-दौड़ों के बाद उपन्यास अब जाकर आपके हाथों में पहुँच पा रहा है। इस बीच परिदृश्य तो बदला ही, पाठकों की एक पूरी पीढ़ी भी बदल गई। मुझे मालूम है, अब वे पढ़ने वाले मुझे शायद ही मिलें जो सुबह-सुबह बेचैन आवाज़ में मुझे फ़ोन करते थे...

'उपन्यास ख़त्म करने के बाद रात भर बिलकुल नहीं सो सकी।...शिवा (उपन्यास की प्रमुख स्त्री पात्र) के लिए कुछ कीजिए न।'

कभी विश्वविद्यालय परिसर के बीच कोई लड़की अचानक सामने आ जाती...

'मैडम यह आपने अच्छा नहीं किया।'

मैं हतप्रभ...

'क्या?'

'यही कि शिवा को रत्नेश के साथ जाने से रोक क्यों दिया? क्यों वह उनके साथ हो पाने का, अपने जाने का निर्णय बदल देती है? अकेली छूटी रह जाती है।

मुझे समझाना पड़ता कि 'मैंने तो बहुत कोशिश की, लेकिन शिवा मानी ही नहीं।' ...यह भी कि रचना या कृति के चरित्र एक सीमा के बाद लेखक/कथाकार के हाथों की कठपुतली नहीं रह जाते, उनकी अपनी स्वतंत्र सत्ता और अस्तित्व विकसित हो जाता है। लेखक चाह कर भी कुछ विशेष नहीं कर पाता।

एक अजीब सा लेकिन सुखद सत्य यह भी कि इतने वर्षों बाद भी उपन्यास की पुरानी प्रतियों के पाठक ऐसे अभिभूत कर देने वाले पत्र लिख बैठते हैं...

'शिवा आपको कभी मिले तो उसे मेरा आदर भरा प्रणाम दीजिएगा।'

कुछ शिकायतें और शंकाएँ भी कि शिवा सारी उम्र सिर्फ़ दूसरों के लिए ही क्यों जीती जाती है?...आपने उसे अपने लिए जीना क्यों नहीं सिखाया?... विरोध या विद्रोह करना उसे क्यों नहीं आया?

लेकिन ऐसी शंकाएँ उठाने वाले (शायद शिवा के प्रति हो गए जुड़ाव और स्नेह के कारण ही) भूल जाते हैं कि पूरी कहानी में कहीं भी शिवा का प्रत्यक्ष या अप्रत्यक्ष शोषण, किसी के द्वारा होता ही नहीं। उलटे उसे बेपनाह प्यार, सम्मान और आदर भी मिलता है, पति एवं सौतेली बेटियों से।

समझौते और संधियाँ उसके आत्मविश्वास, विवेक और स्वाभिमान की प्रतीक हैं। वह किसी भी शर्त पर यह नहीं चाहती कि उसे सच्चे मन से प्यार करने वाला समृद्ध पति समाज की नज़रों में बौद्धिक स्तर पर उससे हीन समझा जाये, क्योंकि ऐसी पत्नियाँ सहानुभूति की पात्र समझी जाती हैं और

शिवा को यह स्वीकार नहीं। वैसे भी, क्या अपने प्रति पूरी तरह ईमानदार और प्यार करने वाले पति या व्यक्ति के ख़िलाफ़ विद्रोह या विरोध किया जा सकता है? वह भी एक अति संवेदनशील शिवा जैसी स्त्री के द्वारा? यद्यपि इस सच से इनकार नहीं किया जा सकता कि स्त्री बौद्धिक स्तर पर अपने से बेहतर पुरुष के सामने ही समग्र समर्पण कर पाती है।

—सूर्यबाला

ऋचा

मेरी क्षणिकाएँ

वह दिन मेरे शिशु संसार का महान पर्व था, जब पहली बार मम्मी को देखा था...रंगीन लट्टुओं की रोशनी में कंदील-सी झिलमिलाती हमारी हवेली के सामने इंग्लिश बैंड की क़तारें आकर रुक गई थीं, अनार छूटे थे, बन्दूक़ें दग़ी थीं और फूलों से सजी कार फाटक से होती हुई सदर-दरवाज़े तक रेंगती हुई रुकी थी। अन्दर-बाहर चहल-पहल मच गई...मैं और रिंकी, अपने लाल-पीले साटन के कामदानी वाले ग़रारे सँभालते, सीढ़ियाँ उतरते जाते थे, अध-तोतली बोली में उचारते जाते थे—एक लय से—'मम्मी आ गई, मम्मी आ गई!' तब तक आया दौड़कर आई। रिंकी को गोद में उठाकर और मुझे उँगली पकड़ा, हुलसते हुए वह सीढ़ियाँ उतर गई।

मोतियों की झालर में उलझे एक सुकुमार से चेहरे को देख मैंने, रिंकी ने बारी-बारी एक-दूसरे को देखा और आँखों-आँखों में पूछना चाहा—यह कैसी मम्मी!...छोटी, दुबली-पतली सी, दीदियों जैसी। सेठानी माँ हमें भाँप गई थीं, तभी मुस्कराती हुई समझा रही थीं, "अभी थकी हैं न मम्मी, हाँ-हाँ, तुम्हें प्यार करेंगी कहानी सुनाएँगी...पढ़ाएँगी अच्छे-अच्छे फ्रॉक सिलकर पहनाएँगी...।" फिर मम्मी ही तो हैं, हम दोनों ने चुपचाप सहमे-सहमे ही एक-दूसरे से सहमति जताई।

सेठानी माँ हमारी बलैया लेती कह रही थीं, "अब आफ़त है, ऋचा की मम्मी बुलाऊँ कि रिंकी की? क्यों किशोरी? दोनों झगड़ा करेंगी...अच्छा, एक बार ऋचा की मम्मी, एक बार रिंकी की मम्मी।"

बरतन धोने वाली बतसिया चिढ़ा रही थी हम दोनों को, "एह हे...अब क्यों मिज़ाज मिलेंगे, नई-नई मम्मी जो आ गईं।"

किशोरी कह रही थी, "मैं ले जाऊँगी रिंकी की मम्मी को अपने घर।"

आवाज़ों की भीड़ में कुल एक ही शब्द धक्के पर धक्का खा रहा था—मम्मी...मम्मी...मम्मी!

"अभी थकी हैं मम्मी, आराम करने दो।"

रिंकी जाने कब चुपके-चुपके दरवाज़े की दरार से झाँकी थी और यह देखकर सकपका गई थी कि वह मम्मी तो आराम न करके मोतियों की झालर आँखों से सटाये सिसक रही थीं। एकाएक उसे कुछ सूझा। हर बार रोने के बाद किशोरी पहले उसका मुँह ही तो धुलवाती है, सो वह दबे पाँव एक गिलास में पानी लाई और धीमे-धीमे डरती-सी उनके पास पहुँची, "तुम थककर रो रही थीं न मम्मी! मैं दरार से झाँक रही थी...लो, मुँह धो लो।" एक क्षण को उनके चेहरे की करुणा उसे छू गई...सिर नीचा किए रिंकी अपने आप कह गई, "हम कब से तुम्हारा इन्तज़ार करते थे।"

एकाएक 'उन्होंने' ज़ोर से रिंकी को बाँहों में भींच लिया, जैसे कोई बहुत पुरानी हमजोली मिल गई हो। उसके बालों पर हाथ फेरकर उसे चूमा। रिंकी भागती-सी मेरे पास आई। कान के पास मुँह ला धीमे से बोली, "ऋचा चल, मम्मी प्यार करने को बुलाती हैं।" इस बार मेरी उँगली पकड़े भागती-सी विश्वस्त भाव से आई। मुझे पीछे से आगे करती बोली, "मम्मी, ये ऋचा है, मुझसे दो साल बड़ी।"

अचानक लगा, मेरे बालों पर फिरती उनकी हथेली चौंककर रुक गई हो। दरवाज़े के पास सरसराहट-सी लगी, जैसे एक जोड़ी आँखें दरार से झाँक रही हों। फिर जाने क्या हुआ कि हथेलियों को जैसे इलहाम आया हो, वे चलती रहीं...चलती रहीं...

उस दिन से 'वे' हमारी मम्मी हैं—मेरा मतलब ऋचा की, रिंकी की और बाद में रत्ना की भी।

रिंकी वैसी ही हठीली है। कभी-कभी ज़िद पर अड़ जाती है, "मम्मी,

ज़रा वह मोतियों वाली झालर पहनो न!"

"दुत!" मम्मी खिलखिलाती हैं, "वह अब तुझे और ऋचा को पहनाऊँगी।" फिर ठहर जाती हैं, "...वैसी ही दूसरी झालर बनाकर।"

उस दिन हम दोनों मम्मी की मनमानी चोटी गूँथ रहे थे कि एक सफ़ेद बाल...अरे...तब तक एक और रिंकी को भी दिखा...बस, वह उछल-उछल कर धूम मचाने लगी, "मम्मी बुड्ढी—ओहो, मम्मी बुड्ढी...।" मैं सहम गई। उसे डाँटना चाहती थी कि मम्मी को दुख होगा, ऐसे न कहे, पर देखती क्या हूँ कि मम्मी एकाएक ख़ुश हो उसे ही चिढ़ा रही हैं, "रिंकी की मम्मी बुड्ढी...ओहो, रिंकी की मम्मी बुड्ढी...।" रिंकी तो एकदम अवाक् देखती रही, फिर चिढ़ती-खीजती आकर मम्मी का मुँह बन्द करने लगी। मम्मी की आँखें तब भी हँसती रहीं, हँसती रहीं—बहुत गहराई से।

मम्मी का मुँह दबाती रिंकी को देख याद आया, एक बार उसने पापा को भी चिढ़ाया था, जब वे ख़िज़ाब लगा रहे थे। पापा नाराज़गी दबाकर साफ़-साफ़ खीजे थे, "बस, हो गया! जाओ, बाहर खेलो।"

कुछ भी मज़ा नहीं आया था। रिंकी मुँह बनाती बाहर चली गई थी।

जाने क्यों रिंकी से ईर्ष्या-सी होती है, जो मम्मी को इतना चिढ़ा-हँसा लेती है। मैं सोच-सोच कर रह जाती हूँ या कभी ख़ुद ही संकोच कर जाती हूँ। पर आज तो मुझे भी मूड आ गया। पास जाकर रिंकी को तो बड़ी बहन की तरह डाँटा और मम्मी की ओर सीरियस-सा मुँह बनाती हुई बोली, "मम्मी, पापा वाली ख़िज़ाब की शीशी लाऊँ?"

"हाँ-हाँ, और अपने लिए नज़ले-ज़ुकाम के शर्तिया इलाज वाली दवा भी, मेढकी को ज़ुकाम हो रहा है न।"

मम्मी सचमुच ख़ूब हँसीं, हँसते-हँसते चली गईं एक पहेली छोड़कर...

स्टडी टेबुल पर आकर मैं उसी पहेली में उलझी रही। हार्डी, डिकेंस और शेरिडन खुले पड़े थे और मैं फ़ाइल पर पहेलियों की शक्ल की ही लाइनें खींचती रही। आख़िर मम्मी इतनी ख़ुश क्यों हो रही थीं अपने सफ़ेद बाल देखकर? खीजकर 'टैस' लिये छत पर आ गई, मुँडेर से देखा—मम्मी

अलगनी से कपड़े उतारतीं, दूर फ़िरोज़ी आसमान में उड़ते ढेर के ढेर तोतों को देख रही हैं—खड़ी-खड़ी ही। जब तक वे ओझल नहीं हो जाते, उनका पीछा करती रहती हैं—एक, दो, तीन, झुंड...फिर कपड़े उतारने लगती हैं। जाने किस-किस दिशा के तोते झुंड के झुंड सैकड़ों-हज़ारों की संख्या में रोज़ इसी तरह हमारे बग़ीचे और हवेली के ऊपर से उड़ते हुए दीखते हैं। बग़ीचे के अमरूद, अनार और पपीतों के पेड़ों पर ठहरते, नाश्ता-पानी करते हैं, यहाँ-वहाँ उड़ते हैं, लॉन सींचने के नल की टोंटी और पाइप के छेदों में चोंच लगा-लगा कर पानी पीते, सुस्ताते हैं, फिर एकदम से सब एक-दूसरे को अनवरत टें-टें कर बुलाते, शोर मचाते उड़ जाते हैं। जाते-जाते बहुत से गुड़हल के लाल फूल चोंच में दबा ले जाते हैं। हरे-हरे चिकने पंखों वाले तोते...लाल गुड़हल के फूल...फ़िरोज़ी आसमान...मम्मी समाधि से उबरती हैं, "रामकली, ज़रा चाय फिर से गरम कर देगी?"

रिंकी टोकती है, "नहीं रामकली, अभी तो तोतों के दो-तीन और शिष्टमंडल आने वाले हैं, उन्हें भी नाश्ता-पानी करा लेने दे मम्मी को।"

मम्मी क्षणांश को गुड़हल-सी लाल होती हैं, पर उतनी ही त्वरा से वह लाली धो-पोंछ खिलखिला उठती हैं, "पकड़ तो इस चरखी को, रामकली। पढ़ाई के बहाने मम्मी की पहरेदारी करती रहती है, आने दो पापा को।"

रिंकी हँसती हुई भागती है, "पहरेदारी तो सभी करते हैं, आप तोतों की, मैं आपकी।"

हमेशा पाया है, रिंकी मम्मी को ऊपर-ऊपर गुदगुदाती है, मैं अन्दर-अन्दर थहाती हूँ, लेकिन हम दोनों ही शायद समझ चुके हैं कि वह गुदगुदाते-गुदगुदाते थक जाएगी, मम्मी हँसते-हँसते नहीं थकेंगी। दूसरी ओर मैं भी हर बार की तरह हमेशा थहाते-थहाते थककर ख़ाली हाथ ही वापस लौटूँगी।

रत्ना पढ़ाई के समय लूडो का पासा खुटखुटा रही है। वे कहते हैं, "आने दो पापा को, कहूँगी रत्ना का नाम कटवा दीजिए।"

रिंकी उनकी नई साड़ी में खोंच लगा लाई है, "आने दो पापा को, कहूँगी लड़की एकदम शैतान होती जा रही है।"

मेरा वज़न दो पौंड घट गया है। "आने दो पापा को–कहूँगी सँभालो अपनी मॉडर्न बेटी को। यह दुबले होने का भूत सिर पर चढ़ता है तो जल्दी उतरता नहीं।"

बिज़नेस टूर पर बम्बई गए थे पापा। लौटे तो रिंकी ने ज़िद की, " 'आविष्कार' देखेंगे।"

"अरे, क्या नाम बोला? ऐसा ही तो कुछ नाम था, जो दिनेश ने बम्बई में दिखाई थी...वाहियात! एकदम बोर करके रख दिया! मैं तो इंटरवल में ही भागना चाहता था पर दिनेश बड़े मूड में था...पता नहीं उसे क्या समझ आ रहा था।"

"वाह...इतनी तो तारीफ़ हुई है...हम तो जाएँगे। आप देख तो आए हैं मम्मी के साथ।"

"ठीक है, ठीक है। चली जाओ तुम भी। बच्चों को दिखा लाओ मैं वैसे भी थका हूँ," पापा निश्चित हो बेफ़िक्री से बोले।

पूरी पिक्चर मम्मी शान्त बैठी देखती रहीं। हम और रिंकी चरचते रहे। कार में बैठते ही रिंकी ने शुरू किया, "सच अ नाइस मूवी! देखा ऋचा पापा को, उनको समझ में ही नहीं आई...।"

"ठीक तो कहते थे। ऐसी तो ख़ास अच्छी मुझे भी नहीं लगी," मम्मी जैसे रोकते-रोकते भी बोल पड़ी थीं।

"तुम भी मम्मी, पापा के सामने चमचागीरी करतीं तो कोई बात भी थी," रिंकी फटाक् से बोली।

मैंने अवाक्-सी मम्मी को हल्के से होंठ भींचते देखा, "रिंकीऽऽऽ!" मेरी पतली आवाज़ शायद ज़्यादा ही ऊँची हो गई थी, "डोंट हैव द सेंस दैट द ड्राइवर...(इतनी भी समझ नहीं कि ड्राइवर)...।"

वह झेंपकर धीमे से 'सॉरी' बुदबुदाई थी।

यह कोई पहली बार नहीं, हर बात में बिना वजह अड़ जाना रिंकी की हॉबी थी शायद। घर का शान्त, समतल माहौल ही जैसे उसे काटने दौड़ता था। पापा का वर्कशॉप से लौटकर आरामकुर्सी पर धँसे-धँसे पेट्रोल पम्प के बहीखातों में उलझे रहना, मेरा कैनवस पर आड़े-तिरछे ब्रश फेरते जाना, रत्ना का लॉर्ड कार्नवालिस के सुधार और पानीपत की लड़ाई रटते जाना तथा मम्मी का इस कमरे से उस कमरे में घूमना, पापा की अलमारी में कपड़े करीने से रखना या चुपचाप मेरी 'टैस' उठाकर पढ़ने लग जाना। ऐसे में कभी-कभी रिंकी एकदम से टेबुल से उठ जाती है, "ऐसी कम तैसी पढ़ाई की! रामकली, महाराज से बोल बैगन के पकौड़े तले, एकदम कुरकुरे और जब वह चटनी बना ले तो प्लीज़, एक चम्मच भर सूखी मिर्च की बुकनी छिड़ककर मेरे सामने लाना...आहा, मुँह में पानी आ गया!" या फिर, "ये बेड दो साल से ऐसी ही इसी कोने में पड़ी है, मनहूस-सी! केशो से बोलो इसे आड़ी करके रखे।"

मैं टोकती, "और मिस, देखने में कैसा फ़नी लगेगा!"

"लगने दो, टु वाच अ फ़नी साइट इज इटसेल्फ़ अ फ़न (कोई बेतुकी चीज़ देखना भी तो अपने आप में फ़न है)।"

मैं और मम्मी हँसते रहते। कभी छोटी सी रत्ना को पकड़कर आँगन में इतनी ज़ोर की चरखी घूमती कि बेचारी चीख़ने लगती, "जीजी, रोको-रोको, जीजी! अब बस...।"

मम्मी हमेशा हँसती रहती हैं, पापा हमेशा संतुष्ट, मैं शान्त, रत्ना विभोर... अकेली रिंकी जैसे दीवारों पर सिर मारती रहती है। सबसे ज़्यादा मज़ा उसे ऊटपटाँग बोलने में और जो भी कहा जाए, उसका विरोध करने में आता है। उस दिन पापा बोले, "चलो, आज सबको सर्कस दिखलाऊँ।"

"सर्कस? उँह।" रिंकी ने बुरा-सा मुँह बनाया, "बन्दरों-गधों की उछलकूद, नॉट अ सॉफिस्टीकेटेड एंटरटेनमेंट!"

पापा हैरान से हो गए, "क्यों? सर्कस नहीं अच्छा लगता? हमें तो अपने

समय में बड़ा अच्छा लगता था, भई। लोग भी कह रहे हैं बड़ा अच्छा है। एशियन सर्कस।"

"हाँ-हाँ! चलेंगे सब," मम्मी बोली थीं, "क्यों ऋचा?"

"तुम जाओगी मम्मी? अभी तुम्हीं तो उस दिन रत्ना के ज़िद करने पर कह रही थीं, बच्चों की चीज़ है, इसे ज़रूर भिजवा देंगे।"

"वह तो मैंने सोचा था कोई ऐसा-वैसा सर्कस होगा, पर एशियन सर्कस तो अच्छे सर्कसों में है," मम्मी जल्दी से बोलीं।

पापा को बल मिला, "अरे भई, सभी कह रहे हैं—ख़ासकर हाथियों और शेर का काम तो क़ाबिले तारीफ़ है।"

"हाँ-हाँ! चलें न ऋचा?" रिंकी से पूछने की मम्मी की हिम्मत ही नहीं हुई शायद। रत्ना अवश्य फ़ौरन उछलती हुई रामकली से फ्रॉक निकलवाने चली गई।

"हुँह! हम तो नहीं जाते," रिंकी अभी भी ऐंठी थी।

मुझे बेतरह ग़ुस्सा आ रहा था उसके अड़ने पर। खीजकर बोली, "छोड़ो इसे मम्मी। चलो, हम सब चलते हैं।"

"नहीं, इसे अकेला घर में कैसे छोड़ सकती हूँ? अच्छा ऋचा, तू चली जा रत्ना को लेकर। मैं रुक जाती हूँ।" मम्मी का चेहरा एकदम दयनीय हो आया। एकाएक जैसे किसी ने जादू की छड़ी घुमा दी हो, रिंकी बोली, "हुँह! बड़ी आईं, मेरी पहरेदारी करेंगी घर में रहकर...एहसान ऊपर से! इससे तो अच्छा बन्दरों और जोकरों पर ही एहसान जताया जाए चलकर," और मुँह चिढ़ाती हुई बाथरूम की ओर बढ़ गई। ओह, मम्मी कितनी हल्की और ख़ुश लग रही थीं!

रिंकी लौटकर आई तो फूलदान में सजा एक गुलाब निकालकर मम्मी से बोली, "एक शर्त पर चल रही हूँ, यह फूल तुम्हारे जूड़े में लगाऊँगी...हाँ।"

"क्या बचपना है! जल्दी करो!" मम्मी मीठी झिड़की देते हुए अलमारी से साड़ी निकालने लगीं।

मैं ख़ुद भी सोचने लगी—अब इसे मम्मी का क्रेज़ ही कहेंगे। हर बात

में बस अधेड़ औरतों वाला रुआब डालने की आदत डाल ली है। क्या रखा है ज़रा सा फूल लगाने में? इतना ही क्यों, मैंने जो साड़ी पहन ली तो, "क्या बूढ़ियों-सी साड़ी पहन ली। मम्मी की भी दादी बन गई। शरारे-कुर्ते का नया सूट पहन न!"

"इसे न तुम्हारे जैसी दिखने का शौक़ है। एक दिन मुझसे भी कह रही थी," रिंकी चुन्नी कंधों पर डालती बेफ़िक्री से कह रही थी।

"धत!" मैं बुरी तरह झेंप गई थी और मम्मी मुस्कराई तो थीं, पर वह मुस्कान अथाह समंदर के ऊपर तैरती किश्ती-सी लग रही थी...बड़े ममत्व से बोलीं, "हाँ-हाँ, लग चुकी मम्मी ऐसी...मुँह देखा है शीशे में? बड़ी तपस्या के बाद मम्मी बनना नसीब होता है। चुपचाप जाकर शरारा पहन।"

तपस्या—कैसा शब्द है यह भी! समंदर की तरह गहरा, पर्वत की तरह ऊँचा, आकाश की तरह निस्तब्ध, शान्त-शान्त सा। तपस्या और मम्मी—एक शब्द, एक व्यक्तित्व। बावली नहीं हूँ। मम्मी हैं ही ऐसी, कोई भी शब्द बोलती हैं तो एक आकार, एक चेतना, एक व्यक्तित्व बन जाता है। मुक्ता और तोषी उनकी गहरी प्रशंसक हैं। मुक्ता कहती है, "कुछ लोग ऐसे होते हैं जिनके पास बैठकर कुछ अजीब अनिर्वचनीय-सी अनुभूति होती है, जैसे आंटी। बस, मन करता है उनके पास बैठी रहूँ और वे कुछ भी बोलें, सुनती रहूँ। ऋचा, सच कहती हूँ, तेरी मम्मी मुझे तुझसे भी ज़्यादा अच्छी लगती हैं। सच! आई लव टु टॉक अबाउट हर, टु थिंक अबाउट हर, टु ड्रीम अबाउट हर।" वह भावावेश में बहने लगी थी कि मैंने टोका, "ठीक है, आज ही मम्मी से कहूँगी।"

वह इतनी घबरा गई जैसे मम्मी उसके सामने आ गई हों, "प्लीज़ ऋचा! नहीं...मैं उनका सामना भी नहीं कर पाऊँगी। पर सच में तू अपनी मम्मी जैसी नहीं। लो, अपनी मम्मी जैसी कैसे हो जाएगी..." कहते-कहते मुक्ता ने ख़ुद

ही अपनी जीभ काट ली, पर उसका तात्पर्य सीधे-सीधे हम तीनों के बीच अदृश्य रूप से लटक गया। असह्य रूप से बोझिल था वह एक क्षणांश। शायद मुक्ता ख़ुद की गिल्ट मिटाने के लिए ही फ़ौरन बोल पड़ी, "सच में ऋचा की मम्मी तो बस, हमारी मम्मियों की एकदम उलटी, देखने में बच्चियों जैसी, लेकिन बात करेंगी एकदम बुड्ढों जैसी। मेरी मम्मी को देखो, अभी भी दुकान पर ठुनकेंगी तो वहीं पापा से लड़-झगड़ कर साड़ी लेकर ही रहेंगी। और मज़ाल है कि डैडी से डाँट खाकर चुप रह जाएँ, हंगामा मचाकर रख देंगी। कितना भी समझाओ—मम्मी, तुम्हीं चुप रह जाओ, पर कोई असर नहीं। और कभी-कभी तो ऐसी मचलेंगी कि सम टाइम्स आइ फ़ील एम्बैरेस्ड!"

अपनी रौ में मुक्ता काफ़ी कुछ मूर्खतापूर्ण कह गई थी। जी-तोड़ कोशिश की थी पहले की गई भूल सुधारने की, पर अन्त में आते-आते मुझे भी उबर पाने को कुछ सहारा मिला था, "हाँ, यह तो कहूँगी कि आज तक मम्मी-पापा को लेकर हम बहनों को कभी शर्मिंदगी उठाने का मौक़ा नहीं मिला। लिटरेट और कल्चर्ड दोनों ही हैं मम्मी।"

"अच्छा ऋचा, सचमुच तुम्हें कभी ज़रा भी कुछ फ़ील नहीं होता? यों ही पूछ रही हूँ।" आख़िर मुक्ता अपनी जिज्ञासा दबा ही नहीं पाई।

"फ़ील? कैसा महसूस नहीं होता?"

"इसलिए कि अक्सर ऐसे रिलेशंस ज़रा फ़ॉर्मल ही तो होते हैं न, बच्चे उतने नज़दीक कहाँ आ पाते हैं?"

"ग़लत, बिलकुल ग़लत! कम से कम हमारे यहाँ तो एक क्षण की भी ऐसी कोई फ़ॉरमैलिटी नहीं। मम्मी जितना प्यार करती हैं, उतना ही डाँटती भी हैं। बचपन से, कोई भी सब्जेक्ट लेकर हम-रिंकी जाते, ऐसे समझातीं जैसे उन्हें रटा हुआ हो। किसी भी प्रश्न का उत्तर हो, शुरू करने का ढंग इतना सुन्दर बतातीं कि टीचर सारी क्लास को उतरवातीं। याद है न! आज से नहीं, दस साल पहले से...और स्ट्रिक्ट इतनी कि पढ़ाई के समय कोई टेबुल से हिला तो शामत आई और लविंग...ओह, शी...शी इज़ ग्रेट!"

आँखों के दर्प और स्वाभिमान से सारा शरीर रोमांचित था। लगातार

बोलती हुई मैं रुकी तो हाँफ रही थी, आँखें गीली थीं। मुक्ता और तोषी मुझे अभिभूत-सी देखे जा रही थीं।

तब की बहुत थोड़ी याद है—मम्मी ने ही शायद ड्राइंग रूम के परदे, कवर्स सब बदलने का प्रस्ताव रखा। पापा पैसे देकर उसी शाम मद्रास चले गए। मम्मी ने हफ़्ते भर के अन्दर सारा घर बदल दिया। पापा लौटे तो हम और रिंकी बड़ी उत्सुकता से ख़ुशी-ख़ुशी उन्हें सारे परदे, कुशंस दिखाने लगे। उन्होंने एक सरसरी नज़र डालकर कहा, "ठीक हैं।" फिर मम्मी को देखकर बड़प्पन भरे स्वर में बोले, "अभी तुम्हें परदे वग़ैरह ख़रीदने का उतना तजुर्बा नहीं। गाढ़े गर्दख़ोर रंग लेने चाहिए। ये तो बिलकुल बचकाने से रंग हैं।"

मम्मी ने धीरे से कहा, "मैंने सोचा, ज़रा कमरा ब्राइट लगे। आजकल ऐसे ही रंग..."

"पता नहीं, मुझे तो पूरी नौटंकी लग रही है," पापा कहते हुए बाहर वाले कमरे में चले गए।

शाम को खन्ना अंकल आए। आते ही ड्राइंग रूम पर जो नज़र गई तो एक बेसाख्ता 'वाह' उनकी ज़बान से निकल पड़ी। एक-एक परदे के पास जाकर मेटीरियल और रंगों के चुनाव की तारीफ़ करते रहे, "मेहँदी ग्रीन सोफ़ा...लाइट ओरेंज पर्दे, लेमन और ओरेंज कुशन...लाजवाब—ब्यूटीफुल!"

रिंकी टप से बोली, "अच्छे हैं? एकदम नौटंकी जैसे—गर्दख़ोर भी नहीं। पापा से ख़ूब डाँट खाई है इन्होंने।"

उन्होंने एक क्षण मम्मी को देखा, फिर जैसे उन्हें बर्दाश्त न हुआ हो, ऐसे बोल पड़े, "अरे, छोड़ पापा को! ज़िन्दगी भर तो कबाड़ेनुमा कारख़ाना देखता रहा और बही का हिसाब जाँचता रहा, सजावट की सेंस कहाँ से पाता! यह सब तो तालीम और टैलेंट की चीज़ है।"

मम्मी आधे वाक्य के बाद ही अन्दर चली गई थीं। लौटने पर भी उनके चेहरे पर सारी प्रशंसाओं की प्रतिक्रिया स्वरूप कोई कृतज्ञ भाव न था। वे वैसी ही निर्लिप्त-सी, अंकल को स्क्वॉश देते हुए बोलीं, जैसे अंकल के कमेंट्स सुने ही न हों, "मुझे भी पिछले वाले ज़्यादा पसन्द थे। मुझे उतना अनुभव भी तो नहीं। अकेले दुकान पर ढेर सारे कलर्स, प्रिंट देखकर कनफ़्यूज़न हो जाता है।"

अंकल हैरान-से मम्मी को देखे जा रहे थे। जिसे इतना बड़ा अन्याय समझ वे प्रतिकार के लिए बेचैन हो गए थे, उसका कोई चिह्न भी नहीं था। और मम्मी कह रही थीं, "शीला और बच्चों को क्यों नहीं लाए?"

एक महीने बाद केशो से धूल झड़वाते हुए पापा को खड़ा पाकर बोली थीं, "सच, आप ठीक कहते थे। इस पर कितनी जल्दी धूल की परत चढ़ गई है।"

"वह तो मैंने देखते ही कह दिया था, गर्दख़ोर रंग लेना चाहिए था, ख़ैर," पापा मम्मी की ओर देखकर सयानेपन से बोले थे। रिंकी बिना बात ढीठ की तरह हँस पड़ी तो पापा ने पूछा, "क्यों? क्या बात है?"

"कुछ नहीं," वह वैसी ही बेफ़िक्री से बोली, "मुझे न इसी गर्दख़ोर पर ज़ोर की हँसी आती है।"

"अच्छा-अच्छा! जा, खेल बाहर," पापा ने झिड़का।

रिंकी की हँसी, गुदगुदाते-गुदगुदाते ही किसी को रुला देने वाली, दोहरी-तिहरी होती बेशऊर हँसी और दो-टूक जवाब...और बाद में मुँह के अन्दर-अन्दर ही बुदबुदाते हुए एक छोटा सा 'सॉरी'। कोई ख़ास छोटी नहीं थी, जब स्कूल में हर क्लास में जनरल नॉलेज टेस्ट होने वाला था। छठी-सातवीं में हम दोनों थे। घर आकर वही पहले बुलंद आवाज़ में चिल्लाई, "पापा-मम्मी, आप लोग हमें जनरल नॉलेज के प्रश्नों के जवाब रटवाइए। टीचर ने हिंट्स बता दिए हैं, हाँ।"

रत्ना उस समय किसी ज़िद में हाथ-पैर फेंककर चीख़े जा रही थी। रामकली से उसके कपड़े लेती मम्मी बोलीं, "बस, अभी बताती हूँ। बेटे, ज़रा इस शैतान बेबी को बाहर भेज दें।"

"मम्मी, आप बेबी को चुप कराइए, हम पापा से पूछ लेते हैं।"

"नहीं!" मम्मी एकदम बोलीं, "पापा थके होंगे, उन्हें आराम करने दो। मैं ही कुछ किताबें देखकर लिखवा दूँगी।"

पापा ने शायद सुन लिया था, "अरे आओ, क्या बात है, मैं ही लिखवा देता हूँ।"

बुला तो लिया पर सवालों ने पापा को ख़ासा परेशान कर दिया। कुछ उन्होंने किसी तरह लिखवाए। कुछ के लिए बोले कि कल बताऊँगा। और बाक़ी प्रश्न दो-तीन बार पढ़कर ही वे बिफर पड़े, "क्या वाहियात सवाल लिखवा दिए हैं छठी-सातवीं के बच्चों को! चलो, भागो, अपनी टीचर से ही पूछना।"

हम दोनों धीरे से सहमकर उठ आए। लेकिन मम्मी के कमरे में जाते ही रिंकी तेज़ आवाज़ में (इतनी तेज़ कि पापा के कमरे तक आवाज़ न जाए) बोली, "पापा से क्या पूछें, कुछ आता ही नहीं उनको। कुछ भी अपनी पढ़ाई का याद नहीं। सब ग़लत-सलत बताते हैं और डाँटते ऊपर से हैं।"

मम्मी ने सोती रत्ना की ओर उँगलियों से संकेत किया, फिर धीमे से बोलीं, "रिंकी, मैं तुम्हें कुछ नहीं बताऊँगी। क्या सारे प्रश्नों के जवाब सबकी ज़बान पर रटे होते हैं? इतना तो बस, देवताओं के गुरु बृहस्पति होते हैं न, उन्हें ही..."

"येल्लो!" रिंकी ज़ोर से ठठाकर हँस पड़ी, "पापा ने यह भी ग़लत बताया है। उन्होंने देवताओं के गुरु बुध लिखवाया है न।" और हँसती चली गई।

मम्मी ने आँखों से घिरते अवसाद को नकारने की जी-तोड़ कोशिश की थी। फिर आक्रोश का अंकुश लगाती बोली थीं, "रिंकी, ज़्यादा बढ़-बढ़ कर नहीं बोलते। ख़ुद मैंने भी कल ही किसी किताब में पढ़ा है कि बृहस्पति हैं। देवताओं के गुरु। यह तो नहीं सोचती कि पापा दिन भर के कितने थके होते

हैं, ऊपर से इस समय सोने का टाइम है। इतने सारे हिसाब-किताब सब पापा ही तो देखते हैं। अच्छा, अपनी कॉपियाँ रख दो, मैं थोड़ी देर बाद अपनी पहले की किताबें देखकर उत्तर लिख दूँगी।"

कुछ एक घंटे बाद हम लोग अपने प्रश्नों के उत्तर रट रहे थे और रिंकी हर आने-जाने वाले से कह रही थी, "जनरल नॉलेज टेस्ट है...सारे स्कूलों का। मम्मी ने लिखवाए हैं। पापा ने तो एक-दो बताकर भगा दिया क्योंकि उन्हें नींद आ गई। थके होते हैं न! इसी से ग़लत-सलत बता जाते हैं। सारा दिन पंप के हिसाब देखते हैं, इसलिए। मम्मी को तो हिसाब देखना नहीं रहता, इसीलिए सब बता देती हैं...।" पढ़ने के बीच-बीच में दो-तीन बार बेफ़िक्री से हँसती है, फिर पढ़ने लगती है।

रिंकी की यह हँसी लेकिन एक बार अपने ही वार से घायल हो चुकी है। घाव चाहे बाहर वालों को न दिखे हों, लेकिन मैं जानती हूँ। अभी भी अन्दर कोई गहरा निशान ज़रूर होगा उसके। फ़ोर्थ क्लास में थी। स्कूल का वार्षिकोत्सव था। 'कठपुतली' में सीता बनी थी। सीमा दी ने रिंकी से चार बनारसी साड़ियाँ लाने को कहा, "कल ज़रूर लेती आना, कहना सीमा दी ने माँगी हैं।" इन्हीं सीमा दी ने मम्मी को गवर्नमेंट स्कूल में पढ़ाया था। अब कॉन्वेंट में हिंदी टीचर थीं। रिंकी निस्संकोच बोली, "टीचर, मम्मी देतीं नहीं, किसी ने भी माँगी हों।"

"वाह री मम्मी!" सीमा दी को शायद अन्दर से थोड़ा खला भी था, "उनसे कहना सीमा दी ने कहा है, अभी तो मम्मी बनी ही नहीं और रोब इतना जमा लिया (तब रत्ना नहीं हुई थी)।"

पास ही करेक्शन करती मिस रॉबिन्स ने चौंककर सिर उठाया था, "ह्वाट?"

"शी इज़ देयर स्टेप मदर। वेरी इंटेलिजेंट गर्ल। ऑपरचुनिटी मिलती तो कहाँ से कहाँ पहुँच जाती। यू नो हर पेरेंट्स वर पुअर, दे कुडंट अफ़ोर्ड।

नाउ शी इज़ मैरिड टू अ मिलिऑनियर (वह इनकी सौतेली माँ है। बहुत ही बुद्धिमान लड़की। अवसर मिलता तो बहुत आगे बढ़ सकती थी। लेकिन माँ-बाप ग़रीब थे न! और ऊँची शिक्षा उनके वश की नहीं थी। अब वह एक लखपति की पत्नी है)...।"

"ह्वाट अ लक!" मिस रॉबिन्स ने आगे जोड़ा था। और फिर से कॉपियों पर आड़े-तिरछे लाल निशान खींचने लगीं।

ड्रामे वाली लड़कियों की भीड़ में मैं पीछे खड़ी थी। हीनता, आक्रोश और अभिमान से आँखें भर आई थीं मेरी। सीमा दी बहुत-बहुत बुरी लगी थीं। लेकिन रिंकी ज़ोर से हँसी थी, "हाँ टीचर, यही बात कहूँगी तो शायद दे दें।"

"हाँ, ज़रूर...ज़िद करके लाना," सीमा दी ने हँसकर कहा।

रास्ते में उसने फिर यही बात छेड़ी तो मैंने उसे डाँट दिया। घुमा-फिरा कर समझाना भी चाहा कि मैं माँग लूँगी, तू मम्मी से कुछ मत कहना या कि फटकर बेकार हो जाती हैं, ड्रामे में पिनें लग-लग कर...यह भी कि मम्मी से ज़िद नहीं करते...और अन्त में तू तो इंग्लिश ड्रामे में थी ही, सीमा दी के ड्रामे में क्यों गई...मना कर दे, क्यों लाएँ हम अकेले चार-चार साड़ियाँ...

लेकिन जो नहीं चाहती थी, वही हुआ। घर आकर रिंकी ने साड़ियाँ माँगीं। मम्मी ने फ़ौरन मना कर दिया, "अकेली तू चार-चार बनारसी साड़ियाँ पहनेगी। बहुत क़ीमती साड़ियाँ हैं। बस, एक पुरानी वाली, जो पिछले साल ले गई थी, वही मिलेगी।"

"सीमा दी नाराज़ होंगी तो क्या कहूँगी?"

"कहना, मम्मी नहीं देतीं, बस।"

"वाह-वाह!" रिंकी रटा-रटाया वाक्य बोली, "अभी असल में तो तुम मम्मी हुई ही नहीं और इतना रोब झाड़ती हो?"

अवाक्, हतप्रभ मम्मी ने एक क्षण को ढिठाई से मुस्कराती रिंकी की ओर देखा था, दूसरे ही क्षण 'चटाक्'। मम्मी का चाँटा रिंकी के गाल पर

पड़ा था और एक ज़बरदस्त शॉक से जड़ हुई मम्मी सफ़ेद फक चेहरा लिये स्वयं ही सहमी-सी खड़ी थीं। पापा बैठक से अन्दर आ गए, "क्या हुआ?" उनके हाथ में अभी भी पेट्रोल पंप के हिसाब की कॉपी थी।

किसी ने कुछ नहीं कहा था। लेकिन मम्मी का दहशत भरा दयनीय चेहरा देखकर ही पापा भाँप गए थे और मम्मी से कुछ ग़लती हुई है, इस एहसास मात्र से उनकी आवाज़ ज़्यादा दमदार हो गई, "रिंकी क्यों रोई?"

मम्मी के होंठ काँपे थे, पर ज़बान जैसे तालू से चिपक गई थी। मेरा मन हाहाकार कर उठा था। कभी न बोलने वाली मैं जल्दी से बोली थी, "पापा, रिंकी गन्दी बात बोली मम्मी से।"

"क्या?"

एक पल को मेरी आवाज़ काँपी, "कहती है, तुम मेरी मम्मी नहीं..."

"तो? बस, इसी पर मार दिया!...पहले भी मारा है?" उनकी आँखें फिर मम्मी पर जम गईं।

"नहीं, कभी नहीं," मैं काँपकर रो पड़ी।

"इतनी ज़रा सी बात के लिए बच्ची को मार दिया! क्या झूठ कहती है? माँ होतीं तब न दर्द समझतीं...माँ का इतना सिखाना, सब बेकार गया... अच्छा, आगे से ख़ुद पर कंट्रोल करके रहना सीखो। छह साल तो हो गए सूखी की सूखी पड़ी हो।" हिसाब की कॉपी लिये ही पापा कमरे से बाहर हो गए। चेहरे पर पूरा संतोष था, एक साथ तीन क़िले फ़तह कर लेने का, दूसरी पत्नी पर भरपूर रुआब, अपने बच्चों के साथ न्याय, छह साल से सूखी पड़ी रह जाने वाली मम्मी के प्रति अपना असंतोष। ऐसे गए, जैसे पूरा हिसाब मिल गया हो। सबसे बड़ी बात तो यह कि न उनके चेहरे पर क्रोध का आवेश था, न काम में डिस्टर्ब होने की खीज और न रिंकी को चाँटा पड़ने का दर्द ही, बस, एक सपाट भाव से ऐसे मौक़ों पर जो कुछ घिसा-पिटा कहा जाना चाहिए, कहते चले गए।

अब कमरे में एक ओर रिंकी थी—बेहद घबराई, दयनीय-सी। गालों पर आँसू सूख चुके थे, उसका हठीला चेहरा पश्चात्ताप से आर्द्र था। दूसरी ओर

मम्मी थीं—दीवार से टिकी, धीरे-धीरे अपनी औक़ात में लौटती हुईं। तीसरी ओर मैं—अन्दर-अन्दर मम्मी को मिले दंश और पीड़ा से अपनी बुद्धि पर छटपटाती हुई...कल्पना में रिंकी का चेहरा मासूम और दयनीय देख रही थी और पापा से एक बराबरी का विद्रोह चल रहा था...गुमसुम-बेआवाज़ विद्रोह, लेकिन बहुत-बहुत उग्र। कितनी ही कड़ी से कड़ी सज़ा और बुरी से बुरी गाली तजबीज़ती, लेकिन 'स्टुपिड', 'सिली' जैसे शब्द ज़ुबान पर आते ही घबराकर क्रॉस बनाने लगती। कॉन्वेंट में पढ़ने के बावजूद ऐसे शब्दों का उच्चारण मम्मी के निर्देश से सदैव वर्जित जो था। फिर? रिंकी को धिक्कारने में कम 'क्रॉस' बनाने पड़ते थे और कोई अपराध भावना भी नहीं होती थी। रिंकी...फुलिश गर्ल! आज तूने मम्मी को कितना दुख पहुँचाया। सहानुभूति, खीज और विद्रोह के तीन विरोधी तंतुओं में खिंचती मैं स्वयं भयंकर ऊहापोह में मथ रही थी।

साहस करके आँखें उठाईं। मम्मी जाने कब चली गई थीं। भागकर अन्दर गई। मम्मी बाथरूम में थीं। थोड़ी देर बाद निकलीं, हाथ-मुँह-पैर धोकर सुखाती हुई। अलगनी से तौलिया उतारते हुए एक बार आकाश की ओर देखा और जल्दी से किचन में घुस गईं। शाम का खाना क्या बनेगा, बताती रहीं—पनीर के कोफ्ते, तुरई और तले परवल। पापा और रिंकी की पसन्द। मैं आसपास ही मँडरा रही थी। इशारे से बुलाया, "तू क्या खाएगी?"

सिर झुकाए-झुकाए मम्मी का हाथ धीमे से सहलाती बोली, "जो तुम खाओगी।" मम्मी ने खींचकर मुझे अपने से लिपटा लिया, माथा चूमा, फिर बलात् अपने को खींचती-सी स्टोर में चली गईं। जाने कहाँ-कहाँ की बातें लेकर सबसे इधर-उधर कुछ न कुछ कहती रहीं, 'महाराज, मसाले की शीशियाँ साफ़ कर लें। रामकली, बच्चों की फ्रॉक और साहब के पाजामे में भी हल्का स्टार्च दे दिया कर। केशो, बाथरूम का सिंक गंदा हो रहा है।' महाराज चुपचाप अदब से हामी भरते रहे। केशो दौड़कर विम लेकर सिंक रगड़ने लगा। और दिनों की तरह न महाराज ने बाज़ार में आए नए पैक्ड मसालों की तारीफ़ की, न केशो ने दुबारा अपनी चाय गरम कराई, न ही उन दोनों में कोई झड़प या

लतीफ़ाबाज़ी हुई। थोड़ी देर की शान्ति के बाद रामकली धीमे से मम्मी के पास आकर बोली, "दिन भर थकती हो...चलो, ज़रा सिर दाब दें।" रामकली की वे स्निग्ध प्यार भरी आँखें! मम्मी हँसीं, बहकती-सी आँखों में बोलीं नहीं या शायद बोल नहीं पाईं। भिंचे होंठों का मौन कह गया—रामकली, यह अनकही अतल की पीड़ा कैसे गोताखोर-सी टोह लेती है तू...!

पापा आराम कर कारख़ाने जा चुके थे। रामकली मम्मी का सिर दबाकर निकली थी। मुझे बाहर देख धीमे से बोली, "सिर दबाकर आई हूँ। ज़रा झपकी लग गई सी दीखे, जगाना नहीं," अधिकारपूर्वक कहती चली गई। मैं होमवर्क करने लगी। थोड़ी ही देर बीती होगी कि रिंकी बदहवास-सी रोती हुई चीख़ी, "ऋचा, मम्मी बोलती नहीं...ऋचा...रामकली...मम्मी को देखो...।" महाराज, केशो दौड़े। डॉक्टर आए। ड्राइवर पापा को ख़बर करने कारख़ाने जा चुका था। रामकली हम दोनों को लिपटाए बच्चों-सी घबराती रोती जा रही थी। जब तक पापा हाँफते हुए सीढ़ी चढ़कर आए, उनकी हालत काफ़ी सुधर चुकी थी। डॉक्टर ने पापा को देखते ही पहला प्रश्न किया था, "किसी की डेथ का टेलीग्राम वग़ैरह तो नहीं आया था? किसी ज़बरदस्त शॉक का असर है यह।"

"शॉक?" पापा एकटक डॉक्टर का मुँह देखे जा रहे थे, "ठहरिए! रामकली, केशो, कोई चिट्ठी, तार वग़ैरह आया था कहीं से?" सबके मुँह से 'नहीं सा'ब' सुनकर डॉक्टर से बोले, "कहीं से कुछ नहीं आया वरना मैं जाता ही नहीं। अभी शाम को नौकरों, आया से बातचीत कर रही थीं, मैं ख़ुद देख गया था।"

मैं हैरान-सी पापा को देखे जा रही थी। क्या सचमुच दोपहर के बाद वाली घटना पापा भूल चुके थे? कहीं कोई अपराध या पछतावे का चिह्न तक नहीं। मेरा जी चाहा मैं बग़ैर किसी को सम्बोधित किए ज़ोर से चीख़ पड़ूँ एक विद्रोह भरी चीख़! एकटक पापा को दूर खड़ी घूरती रही। लेकिन वहाँ तो कुछ भी नहीं था। सब कुछ सपाट समतल। कुछ क्षणों को वे थोड़े हैरान रहे, फिर काम में जुट गए। मम्मी की हालत को लेकर डॉक्टर सा'ब

से पूछते रहे। वे सचमुच सारा हाल सुनकर बुरी तरह घबरा गए थे। एक-दो बार डॉक्टर सा'ब से रुकने को भी कहा कि कहीं फिर बेहोशी का अटैक हुआ तो? बार-बार मम्मी का माथा छूते, कहीं ठंडा तो नहीं हो रहा फिर से। मेरा विद्रोह धीरे-धीरे दया में परिवर्तित होने लगा। बेचारे पापा! उनका दोष भी क्या था? बार-बार दवा की ख़ुराक समझाते। कब, कितनी देनी है। डॉक्टर की दी हिदायतें आकर रामकली-केशो के सामने दुहराते रहे। यह भी कि कोई तकलीफ़ न होने पाए...बस, इससे अधिक की गुंजाइश थी ही कहाँ!

चेतना लौटने पर मम्मी की अस्फुट-सी आवाज़ निकली थी, "रिंकी!" पापा ख़ुश होकर लपके थे, "रिंकी? हाँ, यह रही रिंकी। रिंकी, देखो मम्मी बुला रही हैं। कैसी तबीयत है? क्या हो गया था?" मम्मी ने धीरे से मुस्कराकर उन्हें आश्वस्त करने की कोशिश की। मम्मी की उस बीमारी के बाद भी कैप्सूल्स और विटामिंस का दौर काफ़ी दिनों तक चला, लेकिन उनका अन्त बड़ा सुखद रहा। बाद में पता चला, यह रत्ना जी के आगमन की सूचना थी। हमने तो बस इतना ही जाना कि पापा ज़रा ज़्यादा ही ख़ुश और उत्साही दिखते। रामकली ज़रूरत से ज़्यादा मम्मी को टोकती और आराम करने को कहती। मम्मी ज़्यादातर संकुचित-सी अनसुना कर जातीं। कभी हम दोनों की ओर संकेत कर रामकली को खुलेआम कहने को रोकतीं। मौक़ा पाते ही हम दोनों के पास बैठ होम-वर्क कराने लगतीं। पर हमारी अपनी आँखों से वे बीमार ही लगतीं। काम में जुटतीं ज़रूर लेकिन थोड़ी ही देर बाद लस्त-सी चारपाई पर पड़ी रहतीं। हमें पास बुलाकर इधर-उधर की बातें करतीं और प्यार करते-करते ही जाने क्या सोचने लगतीं।

तभी एक दिन महाराज के गाँव से आदमी आया कि उसकी औरत को लकवा मार गया है। मम्मी ने उसे घंटे भर बाद की बस से ही भेज दिया।

महाराज को गए एक घंटा भी न हुआ होगा कि गेट पर एक टैक्सी रुकी और पापा की नेमप्लेट पढ़ते हुए एक छरहरा, चमकीली-सी आँखों वाला आदमी ड्राइवर से बोला, "बस, यही है, सूटकेस रख दो।"

इकड़ी-दुकड़ी पर एक पैर से उछलती रिंकी सहसा रुक गई। सधे क़दमों से सूटकेस लिये बढ़ते महाशय के ठीक सामने आकर बोली, "किसे ढूँढ़ते हैं?"

वे एक क्षण को चौंके, फिर शरारत से मुस्कराकर बोले, "जिसका घर है।"

हाज़िरजवाब रिंकी ने दहला मारा, "घर तो हमारा है।"

मैंने धीरे से डाँटा, "रिंकी, ऐसे पूछते हैं?"

पर वे बड़ी सहजता से बोले, "तो आप ही के घर आए हैं," फिर बड़ी स्निग्धता से रिंकी के गाल थपथपाते हुए पूछा, "डैडी हैं कि कारख़ाने गए हैं?"

रिंकी सिटपिटाई कि ये तो ख़ासे पहचान के लगते हैं। मुझे मौक़ा मिला अपनी क़ाबिलीयत दिखाने का। तपाक से बोली, "बैठिए, अंकल! पापा पंप पर गए हैं, मम्मी को बुलवाती हूँ।"

"न-न, वे नहीं समझेंगी...ठहरो, फ़ोन है न! मैं फ़ोन किए लेता हूँ तुम्हारे पापा को।"

सचमुच पापा जल्दी ही आ गए थे। लेकिन आने के साथ ही जिस अपरिचित प्रश्नवाचक दृष्टि से उन्होंने घूरना शुरू किया, उससे वे ख़ासे पसोपेश में पड़ गए शायद। हम और रिंकी भागकर दरवाज़े के पीछे से कान लगाकर सुनने लगे। ऐसा लगा, अपना परिचय देते हुए उन्हें थोड़ा संकोच हो रहा था, क्योंकि पापा अभी भी उनके सूटकेस को देखे जा रहे थे।

"माफ़ कीजिएगा...मैं...आप दिनेश जी को तो जानते हैं न!"

"जी हाँ...दिनेश तो मेरे अच्छे दोस्त हैं। आप उनके..."

"जी, वे मेरे बड़े भाई के भी दोस्त हैं। एक लेटर भी दिनेश भाई ने आपके नाम दिया है। दरअसल, वह लेटर लेकर मैं कल आपके पास आता, पर कुछ ऐसी सिचुएशन आ गई कि मैं होटल में ठहरने वाला था, पर यहाँ के तीनों अच्छे होटलों में बारातें ठहरी हुई हैं। हारकर मुझे आपको तकलीफ़ देनी पड़ी..."

उन्होंने ब्रीफ़केस से एक नीला लिफ़ाफ़ा निकालकर पापा को पकड़ा दिया।

"अच्छा-अच्छा। आप ही रत्नेश माथुर हैं। बैठिए-बैठिए। केशो, कुछ चाय-वाय लाना।"

केशो तब तक चाय लाकर ड्राइंग रूम के परदे खिसका रहा था। उन्होंने अपने और पापा के लिए चाय बनाई, फिर एक मिनट असमंजस की सी स्थिति में रहकर हिचकते हुए बोले, "आपके पास एक एस्प्रो होगी?"

"एस्प्रो? नहीं साहब, मुझे सिरदर्द वग़ैरह नहीं होता। ठहरिए, अन्दर पुछवाता हूँ। रिंकी बेटा, ज़रा अन्दर पूछो, एस्प्रो हो तो ला दो इन्हें।"

फिर सहसा याद आने पर पूछा, "क्या तकलीफ़ है आपको, सिरदर्द?"

"नहीं, यों ही, ज़रा रास्ते की थकान या शायद क्लाइमेट के बिलकुल चेंज से फ़ीवर-सा लग रहा है।"

"ओह!" पसोपेश में पड़े पापा बोले, "तो ऐसा कीजिए, आपकी तबीयत भी ठीक नहीं, एकाध दिन हमारे यहाँ रुक जाइए, फिर होटल में कमरा मिलने पर...।"

"जी जी, हाँ। शुक्रिया।"

रिंकी ने एस्प्रो दी, तो प्यार से बोले, "थैंक्यू वेरी मच, बेबी।"

"बेबी नहीं, मेरा नाम रिंकी है।"

"ओहो, वेरी गुड और तुम्हारा?" उन्होंने मुझसे पूछा।

"ऋचा!" रिंकी ही बोली। मुझे ग़ुस्सा आया, मुझसे जो कुछ पूछा गया उसका उत्तर भी यह रिंकी क्यों देने लगती है।

"अच्छा साहब, ज़रा कपड़े बदल लूँ...।" पापा जाते-जाते केशो से उनके लिए कमरा झाड़ने-पोंछने को कहते गए।

"बड़े प्यारे नाम हैं भाई तुम दोनों के। मम्मी ने रखे हैं या पापा ने?"

"मम्मी ने, पहले वाली," रिंकी बोली।

"क्या...?" अनायास उनके मुँह से निकला।

"वो जो मर गईं न, उन मम्मी ने। पर ये वाली भी बहुत अच्छी हैं, हमारी ही मम्मी हैं ये भी।"

डेढ़ महीने पहले की घटना वाला अपराध शायद रिंकी में अभी भी था।

और मैं उसकी बेवक़ूफ़ी भरी बातों पर झुँझला रही थी। पागल कहीं की! अपने घर की बातें कहीं किसी इतने नए आदमी को इस तरह बताई जाती हैं। कई बार आँख दबाकर इशारा करने की कोशिश की पर रिंकी को मेरी तरफ़ देखने की फ़ुर्सत कहाँ?

उसका रेडियो चालू था। बड़े इत्मीनान से कह रही थी, "आप मुझे एक सवाल बता देंगे? मम्मी बहुत अच्छी तरह सवाल समझाती हैं, सब समझ में आ जाता है। लेकिन मम्मी बीमार हैं न..."

"बीमार हैं? क्या हुआ है?"

"नहीं, हर समय चारपाई पर तो नहीं लेटी रहती हैं, लेकिन हैं बीमार ही। और आज तो महाराज भी गाँव चले गए। उनकी औरत को क्या हुआ ऋचा, उनकी औरत को?"

'पैरालिसिस मार गया...' मैंने जानबूझकर अंग्रेज़ी शब्द का प्रयोग किया। कम से कम इस तीर से तो रिंकी के एकच्छत्र प्रभाव का कुहरा छँटे।

"हाँ तो, अब मम्मी को किचन में भी काम करना होगा। तब सम्स बिचारी कैसे समझाएँगी? और पापा से पूछने में एक तो डर लगता है, दूसरे समझ में भी अंडा आता है।"

'अंडा' उन्होंने कुछ ऐसा मुँह बनाकर कहा कि हम दोनों श्रोता खिलखिलाकर हँस पड़े। फिर उन्होंने धीमे से मुझे बुलाकर पूछा, "अच्छा ऋचा, तुम्हें भी कोई सवाल पूछना है?"

"न...मैंने तो कभी का अपना होमवर्क कर लिया," मैंने गर्व से कहा।

"इसे तो डबल प्रमोशन मिला था न," रिंकी बोली।

"ओह, शाबाश! तो तुम ज़रा मम्मी से मेरी इतनी रिक्वेस्ट कर दो कि मैं इस समय कुछ भी खाना नहीं खाऊँगा, इसलिए मेरे लिए कुछ भी बनाने की तकलीफ़ न करें। सुबह तबीयत कुछ हल्की होगी तो देखा जाएगा। मम्मी से कहना, अपने लोगों के लिए जो बनाना हो वही बनाएँ। समझी न!"

मैं सिर हिलाकर दौड़ गई। बड़ा अच्छा लगा। रिंकी चाहे कितना भी चकर-चकर करे, पर ज़िम्मेदारी वाला काम लोग मुझे ही सौंपते हैं।

अन्दर मम्मी सचमुच ज़्यादा थकी लग रही थीं। पापा दयनीय-सी मुद्रा में कह रहे थे, "क्या बताऊँ! तुम्हें आराम करना चाहिए...मुझे क्या मालूम था कि महाराज चला गया, नहीं तो हरगिज़ न रोकता। यही सोचा कि बुख़ार है..."

"आप बेकार परेशान हो रहे हैं। केशो है ही, एक घंटे में सब तैयार हुआ जाता है," मम्मी समझा रही थीं।

तब तक मैं हाँफती हुई पहुँचकर फुसफुसाई, "मम्मी, कुछ भी बनाने की ज़रूरत नहीं। वे कुछ नहीं खाएँगे, यही कहने के लिए तो मुझे भेजा है।"

पापा का चेहरा समाधान पाकर सन्तुष्ट लगा, मम्मी कारण के लिए परेशान लगीं।

"क्यों?"

"हाँ-हाँ, कह तो रहा था फ़ीवरिश है।"

"जी, इसलिए तो मुझसे कहलाया है कि मेरा खाना न बनाएँ, मुझे बुख़ार है।"

"अच्छा।"

पापा आराम करने चले गए। थोड़ी देर बाद मम्मी ने मुझे बुलाकर थर्मामीटर पकड़ाकर कहा, "जो अंकल आए हैं, उन्हें दे देना और कुछ मत कहना।"

"मैं कहाँ कहती हूँ! रिंकी ही तब से उन्हें घर की सारी बातें बता रही है। उसने तो यह भी कह दिया कि महाराज की औरत को लकवा मार गया है, सारा काम हमारी मम्मी को करना पड़ रहा है।"

"ओह!" मम्मी ने जैसे कुछ समझते हुए कहा। फिर मुझसे बोलीं, "बेहद शैतान और बुद्धू है। तूने मना क्यों नहीं कर दिया? अच्छा, जा।"

रिंकी सवाल लगाकर अटैची बन्द कर रही थी कि मैं पहुँची। मम्मी की प्रशंसा ने मुझे एकदम पुलकित कर दिया था। गुरुत्वपूर्ण अपनत्व से बोली, "अंकल, लीजिए, अपना बुख़ार देख लीजिए।"

"हाँ-हाँ, अंकल, ज़रूर देख लीजिए, वरना कहीं मम्मी की तरह बेहोश

हो गए न...बाप रे, कितनी तबीयत ख़राब हो गई थी उनकी! कितना बुख़ार हो गया था, ऋचा मम्मी को?"

अच्छा था कि अंकल के मुँह में थर्मामीटर था और उसके निकलने के पहले ही मैंने रिंकी को डपटकर इशारा किया, "चुप!" बिना कुछ समझे वह हैरान-सी अटैची उठाकर चल दी। अंकल ने थर्मामीटर देखा—हंड्रेड प्वाइंट सिक्स।

रात आठ बजे केशो नैपकिन से ढकी गर्म सूप की प्लेट और ब्रेड के दो स्लाइस उनके साइड टेबुल पर रख रहा था और मैं रटा-रटाया वाक्य दुहरा रही थी, "आपको थकान से बुख़ार है अंकल, और हंड्रेड प्वाइंट सिक्स कुछ ज़्यादा नहीं। आप सूप और स्लाइस ले सकते हैं। एक टैबलेट भी और ले लीजिए, सुबह तक ठीक हो जाएँगे।"

खाने की टेबुल पर मम्मी पापा से कह रही थीं, "आप कहते हैं न कि अपनी फ़िकर किया करो। देखिए, सूप बनाया है अपने लिए।"

लेकिन टेबुल पर सूप सर्व सबको किया गया था, हालाँकि मम्मी को अच्छी तरह मालूम था कि मुझे और रिंकी को सूप से सख़्त नफ़रत है—क्रीम टोमैटो को छोड़कर। और आज मिली-जुली सब्ज़ियों का था। हम दोनों ने नाक-भौं सिकोड़ी, फिर ज़िद की, तब एक बार पापा की ओर देखकर उन्होंने हम दोनों के सूप हटा दिए। फिर जैसे याद आया हो, पापा से बोलीं, "आपके उस बीमार मेहमान को भी भिजवा दिया।"

"ठीक किया। वेरी गुड!"

सुबह ब्रेकफ़ास्ट केशो ही सर्व कर रहा था। मैं, रिंकी, पापा और वह अंकल। पापा ने 'गुड मॉर्निंग भाई सा'ब' का जवाब देते हुए पूछा था, "कहिए, कैसी तबीयत है आपकी अब?"

"ठीक हूँ, बिलकुल। दरअसल, आपकी मिसेज़ का हृदय से आभारी हूँ।

इतना ध्यान तो घर पर भी कोई नहीं दे सकता था। कहाँ हैं वे? क्या नाश्ता बाद में करती हैं?"

"नहीं, अभी ही करती हैं। हम सब साथ ही करते हैं। हमारे यहाँ परदे वग़ैरह की बात नहीं। और मैं तो इस मामले में बिलकुल मॉडर्न हूँ। असल में आज हमारा महाराज नहीं है, शायद इसी वजह से..."

"नहीं पापा, आज मम्मी का मंगल है न! देर लगती है पूजा में।"

"ओहो! लीजिए साहब, बच्चों को ज़्यादा पता है। दरअसल, बिज़नेस का झंझट तो आप जानते ही हैं, फिर अकेला हूँ। बड़ा बिज़ी रहना पड़ता है, पर वाइफ़ अच्छी मिल गई है। बड़े क़ायदे से सब सँभाल रही है। वैसे मैं मुँह पर बीवी की तारीफ़ करने वाला नहीं।" और ज़ोर-ज़ोर से हो-हो करके हँसने लगे अपने 'जोक' पर।

"लगता है, काफ़ी रिलिजस माइंडेड हैं," अंकल बोले।

"कहा न, बिज़नेस के हिसाब-किताब में यह सब देखने-सुनने की फ़ुरसत कहाँ? वक़्त पर गर्म खाना, साफ़ कपड़े मिल जायें मर्द को, बस ख़ुश...वैसे यह सब तो मैं औरतों का ढकोसला ही मानता हूँ। कितनी भी पढ़ी-लिखी हों, पर पूजापाठ के मायने में वही पुराने संस्कार। इससे ज़्यादा तो जानने की कभी ज़रूरत ही महसूस नहीं हुई। मन्दिर जाना है—जाओ भाई। ड्राइवर से कह दिया। वैसे मेरी श्रद्धा थोड़ी-बहुत यहाँ एक मन्दिर है हनुमान जी का, वहीं है। कभी-कभी मन आया तो ड्राइवर से गाड़ी रुकवाकर हाथ जोड़ लेता हूँ। कोई नियम नहीं—औरतों की तरह," पापा अपनी मर्दानगी पर फिर हँसे।

"तुम पूजा नहीं करतीं, ऋचा?" अंकल ने मुझसे पूछा।

"नहीं, बड़े होकर करेंगे हम लोग, जब मम्मी बन जाएँगे," रिंकी बोली। सारे लोग ज़ोर से हँसने लगे, तो रिंकी की ऊटपटाँग बात मैंने सँभाली, "नहीं, अंकल! अभी मम्मी ही हम लोगों के लिए 'प्रे' करती हैं। हम अभी अगर ठीक से पढ़ाई करें और मम्मी-डैडी का कहना मानें तो वही पूजा में शामिल हो जाएगा।"

"वेरी गुड," सबके साथ अंकल भी नैपकिन रखते उठ गए।

दोपहर में खाने के समय पापा ने परिचय कराया, "माई वाइफ़—रत्नेश माथुर।"

उन्होंने बड़ी सौम्यता से दोनों हाथ जोड़ दिए। मम्मी ने मृदु, लेकिन संयमित स्वर में कहा, "बैठिए! कैसी तबीयत है आपकी अब?"

"बिलकुल ठीक, थैंक्यू। आपने ख़ुद तबीयत ठीक न रहते हुए भी..."

"मैं? मैं तो बिलकुल ठीक हूँ, किसने कहा आपसे?" मम्मी हैरान होकर बोलीं।

आँख चुराती रिंकी पर मम्मी की नज़र टिकी तो अंकल मुस्कराए, "रिंकी ने मुझसे कुछ नहीं कहा है, क्यों रिंकी? दरअसल, आप शक्ल से कुछ कमज़ोर-सी लगीं भी...शायद मेरा वहम हो।"

शक्ल की बात पर पापा ख़ूब ख़ुश होकर हँसने लगे, "बिलकुल ठीक कहा साहब आपने ऐसी शक्ल वाली बीमारी ही इनको हुई है..." और ज़ोर-ज़ोर से हँसने लगे। मम्मी संकुचित हो कटोरियों में सब्ज़ी निकालने लगीं।

शाम को अंकल अपने बिज़नेस के काम के बाद लौटे, तो रिंकी दूर से ही चिल्लाई, "आज चार सम्स करने हैं, अंकल।"

अंकल हँसे ही थे कि पीछे से मम्मी की सख़्त आवाज़ सुनाई दी, "रिंकी, पहले सम्स ख़ुद लगा के देखो, नहीं आएँ तब पूछना," फिर अंकल की तरफ़ घूम मृदु स्वर में बोलीं, "कहिए, कैसा रहा दिन? चाय भिजवाऊँ?"

"अगर चाय मिल सके तो सचमुच बड़ी कृपा होगी...सारे दिन में बुरी तरह थक गया।"

मम्मी धीमे से हँसीं, "कृपा वग़ैरह की बात है तब तो कुछ खाने को भिजवाती हूँ। आप ज़रूर भूखे हैं।"

उन्होंने संकुचित होते हुए भी ईमानदारी से कहा, "आपने बिलकुल ठीक अनुमान लगाया है। मैं असल में बाहर का खाना ज़्यादातर अवॉइड करता हूँ।"

"बहुत अच्छी आदत है..."

"वाह! तब तुम पापा को क्यों नहीं मना करतीं? अंकल, हमारे पापा तो ख़ूब खाते हैं। फिर खा-खा कर तबीयत ख़ूब ख़राब कर लेते हैं। तब मम्मी की आफ़त आती है। जानते हैं, उनके पेट में गैस बनती है, गैस। मम्मी, वह कौन सा त्योहार था जब पापा ने दस गुलाबजामुन खा लिये थे और उनका पेट बिलकुल गैस का गुब्बारा बन गया था और तुम डॉक्टर अंकल को फ़ोन पर फ़ोन...फ़ोन पर फ़ोन..."

मम्मी पहले तो परेशान हुईं, पर बाद में हँसती हुई बोलीं, "इन्हें सचमुच खाने का बड़ा शौक़ है। ब्लड प्रेशर की शिकायत की वजह से डॉक्टर मना करते हैं न, तो उतना ही बच्चों की तरह टेम्प्ट होते हैं। बच्चे हैं ये भी बिलकुल।"

"अच्छा है, मुझे बहुत पसन्द हैं ऐसे निश्चिन्त लोग जो आराम से खा-पी कर अपनी ज़िन्दगी गुज़ार देते हैं। सीधे-साधे, खुले दिल के और ईमानदार!"

"तो क्या आप ईमानदार नहीं हैं, अंकल?" रिंकी बीच में फिर टपक पड़ी। मम्मी ने उसे धीमे से आँख तरेरी।

"सब लोग एक तरह के नहीं हो सकते, बेटे। ऐसे लोग अपने अन्दर-बाहर व्यर्थ का ऊहापोह और तर्क का जाल बुनकर ख़ुद ही ज़िन्दगी भर उलझते रहते हैं, न चैन से रह सकते हैं, न दूसरों को रहने देते हैं।"

सहसा उन्हें जैसे याद आया कि रिंकी की एक बचकानी-सी बात पर वे बिना संयम के ही दर्शन झाड़ रहे हैं तो एकदम से चुप हो गए। लेकिन मम्मी खड़ी-खड़ी उनकी बात मनोयोग से सुनती रहीं। बात ख़त्म हुई, तभी चाय भिजवाने अन्दर गईं।

चाय पीकर उन्होंने मम्मी को बुलवाया, "ऐसा है मिसेज़ राय, मुझे होटल में जगह मिल जाएगी। अब तबीयत भी ठीक है। सोचता हूँ, चला जाऊँ।"

मम्मी रुकीं, फिर उसी परिचित संयमित लहजे में बोलीं, "जैसा आप ठीक समझें, पर इनसे तो मिल लीजिए।"

"हाँ-हाँ...भाई साहब वैसे भी आते ही होंगे। मैंने ख़ुद यही सोचा था।"

पापा के आने पर जैसे ही उन्होंने कहा, रिंकी किसी को मौक़ा दिए बिना ही चिल्लाने लगी, "नहीं, आपको यहीं रहना है। होटल क्यों जा रहे हैं। जाइए, मैं सूटकेस ही केशो को नहीं उठाने दूँगी।"

अंकल विनोदी लहजे में बोले, "यहाँ क्यों रुकूँ?"

"हमें अच्छा लगता है, इसलिए। पूछ लीजिए पापा-मम्मी सबको अच्छा लगता है। आपको क्या बुरा लगता है हमारे घर?"

"हाँ!"

"क्यों?" रिंकी का मुँह बुरा-सा हो गया।

"इसलिए कि आप लोग खिला-खिला के मुझे इतना मोटा कर देंगे कि जाते समय मैं दरवाज़े से निकल नहीं पाऊँगा। फिर यहीं आपके घर में ही फँसा रह जाऊँगा, तब?"

रिंकी ज़ोर-ज़ोर से खिलखिलाकर हँसने लगी। मैं भी, पापा भी, चाय के बरतन उठाता केशो भी, अन्दर मम्मी भी मुस्कराई थीं।

हँसते-हँसते पापा मौक़ा पाकर अन्दर मम्मी के पास चले आए। धीमे से बोले, "क्या कहती हो...रिंकी पहले ही चीख़ पड़ी, अब क्या बोलूँ?"

"जैसा आप ठीक समझें। रिंकी सचमुच बिना सोचे-समझे बोल पड़ती है," फिर सजग होकर बोलीं, "बच्ची ही तो है।"

"पूछता हूँ, दो-तीन दिन की ही बात हो तो रोक लेता हूँ, ऐं?"

"रोक लीजिए।"

पापा बाहर आकर हँसते हुए बोले, "लो भाई, ये भी कह रही हैं, अब दो-तीन ही दिन की बात है तो यहीं रुक जाओ। बच्चे भी ख़ुश हैं तुम्हारी वजह से।"

रिंकी तालियाँ बजा-बजा कर उछलने लगी। सूटकेस वापस कमरे में चला गया।

पापा अन्दर आए तो मम्मी धीमे से बोलीं, "मेरा नाम क्यों जोड़ दिया आपने? आपके बिज़नेस वाले आदमी हैं। मैं भला..."

अरे, नाराज़ हो गईं...भाई, तुम्हारा नाम लगाया अपने को बचाने के लिए। ये सब अक़्ल की बातें हैं। तुम औरतें नहीं समझोगी। लाओ, पाजामा किधर है मेरा?"

"आपकी पूजा हो गई?" ब्रेकफ़ास्ट टेबुल पर मम्मी को आता देख अंकल ने बड़े अपनत्व से मुस्कराकर पूछा। मम्मी पहले चुप-सी हुईं, फिर एक साथ सहज और तटस्थ बनकर बोलीं, "जी, जी हाँ।"

शायद उत्तर की तटस्थता उन्हें छू गई। चेहरे पर खिली सुबह की ताज़ी मुस्कान घुल-सी गई और कुछ न कहते हुए कॉर्नफ़्लेक्स की प्लेट उन्होंने नज़दीक खिसका ली। मम्मी ने समझा, पर चुप रहीं। बाद में धुआँधार प्रश्नों की बौछार करती ऊटपटाँग हँसती रिंकी को इंगित कर पापा से बोलीं, "ये तो सारे दिन इन्हें परेशान कर डालती है।"

अंकल पापा से बोले, "मुझे तो लगता है, यदि थोड़ी देर बच्चों के साथ सहज, उन्मुक्त भाव से रह लिया जाए तो थकान और परेशानी अपने आप दूर हो जाती है। देखिए न, इन दोनों की वजह से मुझे पता ही नहीं चला कि कब तीन दिन बीत गए। यहाँ तक कि घर की भी याद नहीं आई।"

"बिलकुल सही कहते हैं आप। मैं ख़ुद भी यही महसूस करता हूँ। बड़ा मज़ा आता है बच्चों के बीच।"

"तो आप खेलते क्यों नहीं हम लोगों के साथ? आप तो बस कहते हैं खेलो-खेलो, मैं कोई बच्चा हूँ। मुझे हिसाब मिलाना है," रिंकी ने पापा की हूबहू नक़ल की, तो सारे लोग हँस पड़े। बस, पापा झेंप से रहे थे।

इसके बाद अंकल हम दोनों का टेस्ट लेने लगे। बैठे-बैठे ओरल और

मुँहज़बानी पहेलियों से लेकर इतिहास, भूगोल कुछ नहीं छोड़ा। हम राष्ट्रपिता किसे कहते हैं? गांधी जी की माँ का नाम क्या था? दुनिया में कितने महासागर हैं? महाद्वीप किसे कहते हैं? रिंकी जल्दबाज़ी में हमेशा उलटा-सीधा बोल जाती, जैसे गांधी जी की माँ का नाम कस्तूरबा बता जाती, फिर 'नहीं-नहीं' चिल्लाती। इस तरह उसके काफ़ी नम्बर कट जाते। हर मिनट-दो मिनट पर हम सब हँसने लगते। पापा भी ख़ूब ज़ोर-शोर से हँस रहे थे। मम्मी बीच-बीच में केशो को बुलाती जातीं कि प्लेटें ले जाए, पापा के लिए दो कप और गरम चाय बनाकर लाए या फल काटने का चाकू थमा दे। प्रश्नोत्तरों और पहेलियों के बीच मम्मी का बरबस धीमे से खिलखिला पड़ना, फिर उसे एक संयत मुस्कान में समेट लेना और कटे सेबों की प्लेट पहले पापा और बाद में बारी-बारी सबकी ओर बढ़ाते जाना मुझे बड़ा अच्छा लग रहा था। यूँ कहूँ कि मम्मी ज़्यादा ही अच्छी लग रही थीं। हल्की पीली साड़ी के ओरेंज बॉर्डर से उन्होंने जूड़े तक सिर ढक रखा था और माथे पर गोल रोली की बिंदी। ऐसा नहीं कि हमेशा मम्मी मुस्कराती रहती हों। उनके निचले होंठों की बनावट ही कुछ ऐसी है कि शान्त रहने पर भी मुस्कराती रहने का भ्रम पैदा करती है। माथुर अंकल शायद इसी भ्रम का शिकार होते हुए सेब के टुकड़े उठाते समय मुस्करा पड़ते थे और मम्मी संकुचित हो जाती थीं।

पापा हँसते हुए बोले, "वाह भाई, वाह! आप तो बहुत ही दिलचस्प क़िस्म के आदमी हैं। बिज़नेस भी देख लेते हैं, बच्चों को भी हँसा-खिला लेते हैं, और तो और, बैठे-बिठाये आपने इन दोनों की नॉलेज भी इतनी बढ़ा दी। अरे, झूठ क्यों कहूँ, कितने प्रश्न तो आपने ऐसे पूछे जो ख़ुद मुझे ही नहीं आते थे," फिर मम्मी की ओर संकेत कर बोले, "अब एक दिन इनका भी इम्तहान ले डालिए। देखें, पास होती हैं या फ़ेल।"

पापा अपने मज़ाक़ पर ज़ोर-ज़ोर से हँसते बाहर वाले कमरे में चले गए। मैं और रिंकी उछलकर जाने लगे, "मम्मी का एक्ज़ैम होगा...हो-हो बड़े मज़े आएँगे।"

रातोंरात लाखों का फ़ायदा...पापा को अलादीन की तरह 'खुल जा सिमसिम' कहने की ज़रूरत नहीं पड़ी और दौलत छप्पर फाड़कर बरस पड़ी। पैसे का मूल्य पैसे वाला ही समझता है। पापा बच्चों की तरह अपने भारी शरीर के साथ जल्दी-जल्दी बाहर से भीतर, भीतर से बाहर आ-जा रहे थे। बच्चों की ही तरह ख़ुशी छिपाने की कोशिश करते शरमा भी रहे थे। उस छोटी उम्र में भी पापा की इस तरह अगराती ख़ुशी देखकर मुझे अजीब सा लग रहा था। रामकली, केशो, महाराज—सबकी ज़ुबान पर बस एक ही बात।

पापा बड़े रोब से मम्मी से बोले, "चलो, आज तुम्हें मोतियों का पूरा सेट ही ख़रीद देता हूँ। पता है, इतना फ़ायदा महीनों में होता..."

मम्मी अपने भरसक भरी पूरी ख़ुशी दिखाती बोलीं, "अच्छा! आप थकते भी तो इतना हैं, जी-जान से लगे रहते हैं।"

"थकना-वकना क्या, सब लक्ष्मी की कृपा है। हाँ, और क्या!"

लेकिन पापा को मम्मी की ख़ुशी से जैसे सन्तोष नहीं हो रहा था। बार-बार हिसाब कर मम्मी को समझाते। मम्मी बुद्धू-सा मुँह बनाए बराबर सिर हिलाती जातीं, ख़ुश भी होतीं, पर न तो गले में बाँहें डाल किसी चीज़ की फ़रमाइश करतीं, न पापा जो देने को कह रहे थे, उससे ज़्यादा के लिए तुनकतीं। पापा को ख़ुद ही देने की उतावली थी, जिससे दोस्तों के सामने गर्व से सिर ऊँचा करके बता सकें, 'अजी, सुनते ही पहले किशनदास की दुकान पर फ़ोन करना पड़ा कि मोतियों का सेट तैयार है। ये लोग बिना लिये मानती हैं!'

काफ़ी देर समझाने के बाद पापा यह कहते हुए उठ गए, "तुम औरतें क्या समझोगी, पचास हज़ार और डेढ़ लाख का फ़र्क़!"

शाम माथुर अंकल ने कहा, "आज तो बहुत ख़ुश होंगी आप।"

मम्मी ने प्रश्नसूचक दृष्टि उठाई कि समझ गईं। एकदम ख़ुश होकर बोलीं, "हाँ-हाँ, क्यों नहीं।"

"मेरे हिस्से का तो प्रसाद भी मुझे नहीं मिला। भाई साहब कह रहे थे लाखों का प्रॉफ़िट हुआ है।"

"अरे, तब तो बड़ी भूल हुई। इन्होंने तो सब जगह मिठाई भिजवाई सारे नौकरों-चाकरों, मुनीम वग़ैरह को पर पता नहीं आपको कैसे भूल गए...'रिंकी, अंकल को मिठाई लाकर दो'।"

"नहीं, मिठाई तो मैंने खा ली। भाई साहब आपकी तरह भूलते नहीं, मैं तो आपके चढ़ाए प्रसाद की बात कर रहा हूँ।"

"प्रसाद? प्रसाद मम्मी ने चढ़ाया ही नहीं, इतनी सी बात के लिए हमारी मम्मी प्रसाद नहीं चढ़ातीं।"

"इतनी सी बात...तुझे पता भी है तेरे पापा को कितने का फ़ायदा हुआ है?" अंकल आँखें फाड़ रिंकी को चिढ़ा रहे थे, "ऐ इतने रुपयों का..." हाथ जितने फैल सकते थे, फैलाकर उन्होंने रिंकी को दिखाया।

"सचमुच...प्रसाद तो चढ़ाना ही चाहिए। असल में मुझे सचमुच अन्दाज़ ही नहीं था। मैथ में, जो रिंकी कहती है न, बिलकुल अंडा हूँ!" मम्मी हँस ही रही थीं कि अंकल बोले, "बस कीजिए भाभी जी। बच्चों को सुबुद्धि देती हैं, बड़ों को गुमराह करती हैं।"

मैं चौंकी थी। पहले दिन मिसेज़ रायजादा, दूसरे दिन बस एक शिष्ट, सौम्य 'जी' और तीसरे दिन अनायास यह अपनेपन से भीगा भाभी जी! मैंने देखा, अंकल मम्मी की झुकी आँखों की ओर अभिभूत से देखे जा रहे थे।

"आपको भी लड्डू अच्छे लगते हैं, अंकल? मुझे भी...मैं जानती हूँ आप क्यों प्रसाद माँग रहे हैं। प्रसाद हनुमान जी का लड्डू होता है या संकटा जी की मीठी पूरियाँ। आप हनुमान जी को लड्डू चढ़ाते होंगे।"

"क्यों?" अंकल मुस्कराए।

"क्योंकि रामकली संकटा जी को मीठी पूरियाँ चढ़ाती है, केशो और महाराज हनुमान जी को लड्डू। मतलब लेडीज़ की संकटा जी, जेंट्स लोगों के हनुमान जी।"

"ओ हो हो हो!" अंकल बिलकुल हम बच्चों की तरह ही हँसते थे, "अच्छा, यह बात है। लेकिन तू बिलकुल नहीं बूझ सकती, मैं कहाँ क्या चढ़ाता हूँ।"

"समझ गई, फिर आप किशन जी के मन्दिर जाते होंगे।"

"न, मैं कहीं नहीं जाता।"

"क्यों?"

"मैं...मैं नास्तिक हूँ..." अंकल एकदम गम्भीर होकर फिर मम्मी की ओर देखने लगे थे।

"नास्तिक क्या?" रिंकी गोल-मोल आँख नचाती कौतूहल से पूछ बैठी।

"जो अन्दर-अन्दर तो ईश्वर को मानते हों, लेकिन ऊपर से स्वीकारने में शरमाते हों।" लड्डू और हनुमान जी के प्रसंग में रिंकी और अंकल के विवाद पर मम्मी को मज़ा आ रहा था। कुछ क्षणों पूर्व की झुकी पलकें अब शरारत से मुस्करा रही थीं। मम्मी इस समय मुझे अलग ही तरह की अच्छी लग रही थीं। अंकल उनकी शरारत की बौछार में भीगकर हल्के से मुस्कराए, लेकिन फिर गम्भीर हो गए, "नहीं, भाभी जी! सचमुच मैं ईश्वर में विश्वास नहीं करता।"

"अच्छा तो आपको किसने पैदा किया, अंकल?" रिंकी ने एक तो बिलकुल नई बात सुनी थी, दूसरे उसे अंकल के सामने मम्मी का मोर्चा कमज़ोर लगा था, सो मम्मी की तरफ़ से ख़ुद डट गई थी।

"प्रकृति ने, बेटे।"

"और 'प्रक्रीति' को किसने पैदा किया?" मुश्किल शब्द रिंकी अभी भी अपनी सुविधानुसार आसान करके बोलती थी।

"प्रकृति को किसी ने नहीं पैदा किया, वह स्वयं व्याप्त है।"

"तो फिर यह क्यों नहीं कहते कि आप हनुमान जी को नहीं, 'प्रक्रीति' को भगवान मानते हैं, जैसे रामकली संकटा जी को। लेडीज़ भगवान भी तो होते हैं जैसे दुर्गा जी, लक्ष्मी जी...मम्मी से पूछ लीजिए, है न, मम्मी? फिर आप भगवान को लेडी वाले रूप में..." मम्मी ज़ोर से खिलखिला पड़ीं। अंकल ने हँसते हुए रिंकी की पीठ ठोक दी, "वाह रिंकी, वाह! मान गया कि तुझे गार्गी-सा शास्त्रार्थ निपुण कर दिया गया है..."

मम्मी हँसीं, "देख लीजिए, आपके लिए तो रिंकी ही बहुत है, फिर मेरे गुमराह करने की गुंजाइश ही कहाँ है?"

कुछ शब्द ही जैसे एक माहौल गढ़ देते हैं। तभी मुक्त भाव से मुस्करा पड़ने के बीच ही मम्मी की पलकें झुक गई थीं और अंकल उस माहौल में डूब रहे थे—कुछ क्षणों पहले की तरह।

रिंकी अभी-अभी हुए विवाद से चमत्कृत रामकली और केशो से चरचने चली गई थी और मैं एनिड ब्लाइटन की किताब के बीच के पृष्ठों पर उँगलियाँ फँसाए एक अनाम सम्मोहन में डूब रही थी।

हमें यह सुनकर पहले हैरत हुई। फिर हँस पड़े कि अंकल पापा भी हैं। मन ही मन हम दोनों उनके 'पापा रूप' की कल्पना करने लगे। शायद रिंकी की कल्पना भी मेरी कल्पना के समरूप ही रही हो। पापा के साथ ही अपेक्षाकृत स्थूल शरीर, थोड़ा मोटा पेट वाला, हाथों में हिसाब की कॉपी और पेंसिल लिये ईज़ी चेयर में धँसी आकृति ही मस्तिष्क में आती थी। और अंकल का इस आकृति से ज़रा भी तालमेल न बैठने के कारण उनका पापा वाला रूप क्रमशः हमारी कल्पना से बाहर होता चला गया। मम्मी उनके घर की बातें बड़े चाव से पूछतीं। अंकल बताते कि उनकी वाइफ़ शैली कैमिस्ट्री में एम.एस-सी. हैं। अपने समय की गोल्ड मेडलिस्ट और बेस्ट एथलीट। रैश ड्राइविंग, ब्रिज खेलना और अमेरिकी बेस्ट सेलर्स पढ़ना उनके ख़ास शौक़ हैं। पहले शिकार का भी ख़ासा शौक़ था। अंकल के शब्दों में ओवर एनरजेटिक और ज़िन्दादिली। ज़िन्दगी के हर लम्हे को लपककर निचोड़कर रस पी जाने वाली। वे हँस रहे थे और मम्मी मुझे तथा रिंकी को सम्बोधित कर कह रही थीं, "सुना ऋचा, देखो, तुम लोग भी खेलों की प्रैक्टिस किया करो। आंटी की तरह स्कूल की चैंपियन हो जाओगी। पता है, आंटी ने साइंस में टॉप किया है, गोल्ड मेडलिस्ट हैं, मेरी तरह मैथ में पिद्दी नहीं," फिर अंकल से बोलीं, "आप कितने भाग्यवान हैं, एकदम अकमप्लिश्ड और पर्फ़ेक्ट साथी मिला है।"

"बेशक! भाग्यवान तो हूँ ही, लेकिन पर्फ़ेक्ट शब्द तो असीम होता है, भाभी।"

"देखिए, मैं जीवन के सुख और अनुभूत सत्यों की बात कर रही हूँ। जिस माध्यम से हम पूर्ण सुखी, सन्तुष्ट अनुभव करें, वही पर्फ़ेक्ट हुआ। आप तर्क की बात कर रहे हैं।"

"तर्क की बात नहीं, भाभी। आपने व्यक्ति के सन्दर्भ में गुणों की बात की है, वही मैं भी कर रहा हूँ कि गुण तो व्यक्ति अपने आपमें कितने और कहाँ-कहाँ से विकसित कर लेता है, कहा नहीं जा सकता। उन अनाम, अरूप गुणों की भी बस अनुभूति हो सकती है। तब गर्व तो कर सकता हूँ, पर यह नहीं मानता कि लेबिल लगे हुए गुण ही पर्फ़ेक्शन की सीमा में आते हैं।"

मम्मी ध्यान से सुन रही थीं। लगा, उन्हें सुनना अच्छा लग रहा है।

"और, सच-सच कह दूँ तो ऐसी अनाम अनुभूतियों और गुणों से साक्षात्कार यहाँ आकर ही कर पाया हूँ।"

अंकल जैसे किसी तेज़ धार में बहते हुए अचानक रुक गए थे।

ढेर से उड़ते हरे-हरे तोतों के बाद जैसे मम्मी सूना आकाश देखते-देखते बोलीं, "एक बात कहूँ, जिन अनाम गुणों और अनुभूतियों की बात आप कर रहे हैं न, वे अक्सर मनुष्य के वहम और भावुकता में ही पलती हैं। ये यथार्थ में उतनी होती नहीं, जितनी हम अपनी संवेदनाओं के माध्यम से उन्हें बना देते हैं, एकदम आतशी शीशे की तरह। निरीह, दयनीय विवशताओं को भी गुणों का नाम दे देना बस भ्रम है, भ्रम है आपका।"

'आपका' जुड़ जाने के साथ ही मम्मी ने अचकचाकर जीभ काट ली थी। पर अंकल ने एकदम उस शब्द को हौले से तितली की तरह मुट्ठी में बन्द कर लिया था और तितली के पंखों से ही सहलाते से बोले थे, "यह 'आपका' क्यों जोड़ दिया आपने? मैं तो जनरल बात कर रहा था न!" फिर जैसे उस शब्द को मुक्त करते से बोले, "लेकिन जब जोड़ा ही आपने तो मुझे कह लेने दीजिए कि मैं भ्रम नहीं पालता। नास्तिक हूँ न! ईश्वर तक का

भ्रम नहीं पालता, बस जो कुछ साक्षात् दिव्य दीख पड़ता है, उसे ही श्रद्धा और विश्वास देता हूँ।"

"मुझे तो लगता है, सबसे बड़ा भ्रम आप अपने बारे में ही पाले हुए हैं।"

"क्या?"

"यही कि आप नास्तिक हैं," मम्मी की चमकती भाव भरी आँखें उठी थीं।

"शायद था, अब तो मुझे भी लगता है नास्तिक नहीं रहा। अन्दर जिस आस्था की अनुभूति कर रहा हूँ, वह नास्तिक में नहीं पनप सकती।"

"और पनप जाती है तो उसे आस्तिक बनाकर ही छोड़ती है," मम्मी जैसे गहरे जल में छींटे मारकर हँस पड़ीं।

"बिलकुल! और उसका परिणाम भी आसपास वालों को भोगना पड़ता है।"

"वह क्या?" मम्मी के विनोद में कौतूहल भी था।

"वह यह कि दो दिन कहकर वह आराम से पाँच-छह दिन टिका रहता है। और छठे दिन भी निहायत बेशर्मी से अर्ज करता है कि अभी वह कल न जाकर दो दिनों बाद यानी शनिवार को जाएगा। सच, ऐसा घर-घुस्सर आपने पहले नहीं देखा होगा न! एक बार घुस जाए, तो निकलने का नाम ही न ले।"

"चलिए, सब बातें काटती ही रही—यह माने लेती हूँ," कहते हुए मम्मी की आँखों में एक अपनत्व भरी स्निग्धता छलकी थी।

दोपहर में खाने के टेबुल पर अंकल पापा से जाने के बारे में बातें करने लगे, तो हम दोनों फिर चीख़े, "अंकल प्लीज़! मन्डे को जाइए न! सैटरडे को क्या जाना! सन्ड को पिकनिक पर चलेंगे पुराने क़िले पर।"

"ज़िद नहीं करते, रिंकी! आंटी को वहाँ अकेले कितना बुरा लग रहा

होगा। बच्चे भी तो अपने पापा का वेट कर रहे होंगे न!" फिर पापा की ओर देखकर बोलीं, "आप लोग चले जाते हैं तो घर ऐसा सुनसान हो जाता है कि बस, कोई काम ही नहीं रह जाता जैसे।"

बच्चों की बात पर अंकल सचमुच जैसे कहीं अन्दर से चैतन्य हो उठे, "हाँ, इस बात की तो ख़ासी परेशानी शैली को होती होगी।"

"किस बात की?"

"यही कि कभी-कभी जब शैली और बच्चे दोनों ही अपनी-अपनी ज़िदों पर अड़े हों तो समझौता कौन कराए।"

"ओह, समझी! अभी उम्र भी तो छोटी होगी। बचपना उनमें भी तो होगा।"

"बचपने की बात नहीं। शैली एक तो वेस्टर्न स्टाइल से बच्चों को पालना पसन्द करती है, दूसरे, डिसिप्लिन की ज़रा ज़्यादा ही क़ायल है। डिसिप्लिन की वह लक्ष्मण रेखा बच्चे मेरे पास आकर ही फाँद पाते हैं।"

"अच्छी आदत है, बचपन से ही बच्चे डिसिप्लिंड हो जाते हैं।"

"बच्चे ही क्यों, हसबैंड भी तो।"

पापा, मम्मी, अंकल तीनों हँस पड़े।

"अच्छा, खाना वग़ैरह तो अच्छा बनाती होंगी। मेरे ख़याल से केकपेस्ट्री वग़ैरह तरह-तरह के घर में ही बनाती होंगी," पापा ने पूछा।

"शादी हुई थी तब तो आटा माड़ना भी नहीं आता था। पर अब तो कुकरी बुक्स और मैगज़ीन्स पढ़-पढ़ कर हफ़्ते में एक-दो नई रेसिपी ज़रूर ट्राई करती हैं।"

"वाह!" पापा चमत्कृत थे।

"पर उनमें खाने लायक़ कितनी होती हैं, यह मैं नहीं बताऊँगा।"

पापा फिर ख़ूब ख़ुश होकर हँसने लगे। मम्मी मुस्कराईं, "शैली के सामने इस तरह बोलते तो मानती आपको।"

"सामने? सामने वह बोलने का मौक़ा ही कहाँ देती है! सच मानिए, ट्रांजिस्टर, रेडियो कुछ भी बजाने की गुंजाइश नहीं रहती।"

"मिलने दीजिए शैली से, आपकी सारी चुगली खाऊँगी।"

"वह भी करना बहुत मुश्किल है, भाभी। पहली बात तो आपको बोलने का मौक़ा नहीं मिलेगा। दूसरी बात, वह अपनी बोलने वाली आदत को एक विशिष्ट गुण मानती है। तीसरी बात, अपने आपमें वह इतनी इंडिपेंडेंट है कि मेरे कमेंट्स या दृष्टिकोण को ज़रूरत से ज़्यादा अहमियत देती भी नहीं।"

"तब तो आपको ज़रूर नागवार लगता होगा," पापा एकदम कह उठे।

"नागवार क्यों भाई साहब? हर व्यक्ति के अपने दृष्टिकोण होते हैं। उस पर ज़बरदस्ती क्यों की जाए? यह ज़बरदस्ती न ख़ुद पर की जा सकती है, न औरों पर। और सच कहूँ तो मैं उसकी बोल्डनेस और इंडिपेंडेंट व्यक्तित्व का कायल हूँ। मैं तो सोचता हूँ, ज़िन्दगी को जितनी अच्छी तरह और ज़िन्दादिली से वह जी सकती है, मैं नहीं।"

"बिलकुल, बिलकुल, यह तो बहुत बड़ी बात है। मैं ख़ुद भी बेफ़िक्री और मौज से जीने के पक्ष में हूँ। लेकिन हम लोगों के घर का ढर्रा इस हिसाब से उतना मॉडर्न नहीं। वैसे मेरी माँ पुराने ख़यालों की नहीं, बड़ी ज़ेहन वाली थीं। यही देखिए कि तमाम अमीर घरानों की लड़कियों को छोड़कर इन्हें पसन्द किया। अजी, हमारे यहाँ तो लड़कों से भी राय नहीं ली जाती। हो हो...हो अरे, टाइम हो गया। अच्छा भई, चलता हूँ।"

"अच्छा!" लौटकर मम्मी बोलीं, "छोटी वाली का क्या नाम है, आपने बताया नहीं।"

"बताता कैसे भाभी, अभी नाम रखा ही कहाँ गया?"

"अरे! क्यों भला?"

"वही मेरी और शैली की कंट्रोवर्सी। जो नाम मुझे अच्छे लगते हैं, वे उसे स्टिंकिंग। बताइए, कैसे रखा जाए? झगड़ा ही नहीं ख़त्म होता।"

"वाह! आप और आंटी भी झगड़ा करते हैं? बड़ा मज़ा आता होगा," रिंकी आँखें नचाते हुए मम्मी की ओर घूमी, "मम्मी, तुम और पापा क्यों नहीं कभी झगड़ा करते?"

हठात् मम्मी के चेहरे पर सफ़ेद बादलों के ढेर सारे रेशे बिखरे थे। फिर जल्दी से बादलों के रेशे चीरकर सूरज चमका था, "झगड़ा? छि:! ये तो अंकल जैसे झगड़ालू लोग ही करते हैं। मम्मी लोग थोड़ी झगड़ा करती हैं, रिंकी।"

"करती हैं, ख़ूब करती हैं। सीमा की मम्मी, देवना की मम्मी, रमा की मम्मी...सभी झगड़ा करती हैं, उनके डैडी लोगों से न, ऋचा? सबसे ज़्यादा मज़ा जब देवना की मम्मी करती हैं, तब आता है। मैंने भी देखा है। देवना कहती थी, 'जानती है, जब ख़ूब झगड़ा कर लेंगे दोनों न, तब शाम को डैडी उन्हें पिक्चर दिखाने ले जाएँगे या पानीपूड़ी खिलाने, उन्हें बहुत अच्छी लगती है।' और सीमा की मम्मी, जब ग़ुस्सा होती हैं—बाबा, खाना ही नहीं बनातीं और जब उसके पापा शौनक और सीमा को रेस्तराँ ले जाने लगते हैं, तो ख़ुद भी चप्पल पहन पीछे-पीछे चल देती हैं," और रिंकी अकेली हँसती ही रही, "मम्मी, तुम और पापा भी झगड़ा करो न! बड़ा मज़ा आएगा।"

"वाह! मैं क्यों करूँ? झगड़ा करना तो गन्दी बात है," मम्मी हँसीं।

"तो क्या सीमा और देवना की मम्मी गन्दी हैं?"

"न-नहीं..." मम्मी सकपका गईं, "पर तेरे पापा कभी नाराज़ कहाँ होते हैं। वे तो सब कुछ मँगा देते हैं। सब कुछ मान लेते हैं...तभी तो तुम लोग भी पापा से कहाँ झगड़ा करती हो?"

"हाँ, रिंकी! और मम्मी भी हम लोगों की सारी बातें मान लेती हैं। हम लोग कभी झगड़ा कहाँ करते हैं?" मैंने कहा।

रिंकी चुप हो गई थी।

अंकल जैसे किसी अवसाद से घिरे चुपचाप मम्मी को देखते जा रहे थे। हल्के-हल्के मुस्कराती हुई मम्मी रिंकी का हर आरोप कितनी सतर्कता से झुठलाती जा रही थीं। चेहरे पर बादलों के रेशे चीर देने वाला सूरज तेज़ी से चमक रहा था। स्वर में उल्लास भरे वे अंकल से शैली आंटी और बच्चों की बातें अभी भी करती जा रही थीं। हर प्रश्न का जवाब देने के बाद अंकल जैसे किसी लम्बी यात्रा पर निकल जाते थे, और मम्मी के दूसरे प्रश्न के साथ वह

यात्रा अधूरी छोड़ उत्तर देने लगते थे।

मम्मी अपनी निटिंग उठा लाईं। सफ़ेद रंग के ऊन का पापा का स्वेटर था। अंकल ने शेल्फ़ से 'द स्टोरी ऑफ़ नन' उठा ली। मम्मी ने पूछा, "आराम नहीं करेंगे?"

"न...यह आराम ही तो है," वे मुस्कराए, "आप दिन भर थकती हैं। जाइए, आराम कीजिए।"

"न, मुझे तो दोपहर में नींद नहीं आती। आजकल तो अच्छा लग रहा है। थोड़ी व्यस्त हूँ न! नहीं तो सारे दिन का आराम ही बिलकुल थका देता है।"

अंकल ने कोई जवाब नहीं दिया, चुपचाप पीछे खिड़की के शीशे पर पड़ते सिन्दूरी धूप के अक़्सों को देखते रहे।

"घर की याद आ रही होगी न! कितने दिन बाद पहुँचेंगे। आपको ख़ूब अच्छा लग रहा होगा, है न! फिर कभी आइएगा तो शैली और बच्चों को ज़रूर लाइएगा, बड़ा अच्छा लगेगा। यहाँ तो पूरे सात दिन या तो बच्चे आपको तंग करते रहे या आप अकेले बोर होते रहे। ज़्यादा बोर हुए होंगे, तो फिर शायद आने का नाम भी न लें। ठीक कह रही हूँ न!"

मम्मी यूँ ही रुक-रुक कर बोलती रहीं। अंकल सुनते रहे, सुनते रहे। सुनते-सुनते उन्होंने आँखें उठाईं। खिड़की के पार डूबते सूरज की लाल सिन्दूरी रोशनी का अक़्स शीशे से टकराकर भरपूर मम्मी पर पड़ रहा था। वे अभिभूत से देखते रहे, सिन्दूरी अक़्सों में सराबोर मुस्कराती मम्मी को। फिर एकदम से पूछ बैठे, "आपका नाम क्या है, भाभी?"

"भाभी।"

"नहीं, सच-सच बताइए।"

"मैं आपको इस क्षण का सबसे बड़ा सच बता रही हूँ।...अच्छा, क्यों पूछ रहे हैं नाम?"

"बता दूँ? अपनी छोटी वाली का वही नाम रखूँगा।"

चेहरे पर वही अदृश्य बादलों के रेशे लहराए थे, फिर हवा में धीरे-धीरे इधर-उधर तिर गए। मम्मी कुछ कहते-कहते शायद रुक गईं और एकदम से

हँसकर बोलीं, "और कंट्रोवर्सी का क्या होगा?"

"आप क्या समझती हैं, निपट नहीं सकता।"

"नहीं, मैं अपने नाम को कंट्रोवर्सी में नहीं डालूँगी।"

बाहर से दौड़कर आती रिंकी ने मम्मी का वाक्य सुना, "हाँ, मम्मी! हमें भी बताओ तुम्हारा असली नाम क्या है?"

"मम्मी!"

"दुत! अंकल, देखिए ये हमें हमेशा ऐसे ही झुठलाती हैं। यह भी कोई नाम है?"

"हाँ, है। तुम मुझे बुलाती नहीं इस नाम से?"

"तुम्हारा अपना अलग का नाम?"

"मेरा अपना अलग का कोई नाम ही नहीं।"

"वाह! सबकी मम्मियों के तो होते हैं।"

अंकल एकदम रिंकी से बोल पड़े, "पर तेरी मम्मी कोई दूसरी मम्मियों जैसी हैं, रिंकी?" उन्होंने चुहल से रिंकी को पास खींचा। जिस एंगिल पर ख़ुद थे, वहीं से हल्की सिन्दूरी रोशनी में शरमाती मम्मी को दिखाकर बोले, "बोल, हैं कोई तेरी मम्मी जैसी?"

"न!" रिंकी शरारत से हँसी।

सूरज डूब गया था, पर मम्मी के चेहरे पर गुलाल के गुबार उड़ रहे थे।

केशो चाय रख गया। मेरे और रिंकी के लिए दूध भी।

"अंकल, आप कल हमारे स्कूल से लौटने पर जाइएगा," मैं बड़े प्यार से बोली।

"नहीं बेटे! हम आपके स्कूल जाने से पहले ही जाएँगे।"

मम्मी चौंककर सचेत हुईं, जैसे बहुत दूर से लौटी हों, "कितने बजे ट्रेन का टाइम है?"

"साढ़े छह। सामान इसी समय रख लूँगा। आप लोग उठने की तकलीफ़ न करेंगी। बस, भाई साहब से कह दूँगा, ड्राइवर को बोल दें।"

"कल व्रत रखा है क्या जो बिना खाए-पिए प्रस्थान हो रहा है?"

"इतनी सुबह कुछ खाया ही कहाँ जाएगा?"

"और बाहर का तो कभी भी खाया नहीं जाता आपसे, साथ रखवा दूँगी कुछ।"

"साथ तो बहुत कुछ रख दिया है, भाभी। बस, इतना बोझ ही सँभल सकेगा मुझसे।"

अंकल की आस्था भरी विभोर दृष्टि उठी थी। कुछ क्षण बरबस टिकी रही मम्मी पर। किसी ने कुछ नहीं कहा।

सुबह सचमुच मम्मी की नींद नहीं खुली। देर तक सोती ही रहीं। उठने पर पापा ने बताया, "माथुर गया।"

"अच्छा!" मम्मी ने एक तटस्थ स्वीकृति जताई। फिर रोज़ की तरह दिनचर्या में जुट गईं। हम दोनों को तैयार करना, पापा से नाश्ता पूछना, वार्डरोब से उनके कपड़े निकालना। फ़र्क़ बस इतना था कि पहले की तरह चुप न रहकर कुछ न कुछ बोलती जा रही थीं—पापा से, मुझसे, रिंकी से, रामकली से, केशो से, सबसे। पापा को छोड़कर बाक़ी सब चुप थे। पापा हमेशा की तरह बाहर वाले कमरे में अपने कारोबार की गुत्थियाँ सुलझा रहे थे। रोज़ की तरह लोग आ-जा रहे थे। पूरे माहौल के साथ चिपके हुए एक सन्नाटे एहसास को मम्मी अकेली जी-जान से चीरती थक रही थीं। लेकिन हार नहीं मान रही थीं कि कुछ ऐसा था कि घर भर सुनसान कर गया है। नहीं, सब हैं...घर का हर सदस्य—सन्नाटा कैसे हो सकता है? जो कुछ महत्त्वपूर्ण, सुखद और संतोषपूर्ण है सब तो है घर में, कुछ घट कैसे सकता है? लेकिन असलियत यह थी कि मम्मी की अकेली निहत्थी आवाज़ सन्नाटे को और भी गहराती जा रही थी।

"केशो, जिस कमरे में वे साहब ठहरे थे न, साफ़ कर दे—जाने कब कौन फिर जा आए।"

घूमती-घूमती उस कमरे में ख़ुद भी पहुँच गई थीं। ख़ूब ख़ाली-ख़ाली सा बड़ा सा कमरा। नक़्क़ाशीदार चौड़ा सा पलंग, बग़ल की तिपाई पर फूलदान। फूलदान में लगे सूखे हुए तरतीबदार फूल, मम्मी के हाथ के लगे हुए। एक सूखा-सा फूल पलंग पर तकिये के पास पड़ा था। पलंग के पास खींची हुई तिपाई पर ऐश-ट्रे में अधजली सिगरेटों की ढेर सी राख। मम्मी इधर से उधर टहलती रहीं। केशो को कुछ न कुछ समझाती-कहती हुईं। कभी खिड़की के परदे खींचतीं, कभी टेढ़ी तिपाई सीधी करतीं, कभी दीवार पर लगी राजा रवि वर्मा की आदमक़द पेंटिंग देखतीं, जिसमें सुर्ख़ ब्लाउज़ और सुनहरे गोटे वाली साड़ी पहने विभोर-सी दमयन्ती रत्नजटित खंभे पर कोहनी टिकाए पास बैठे हंस को दुलारती होती। फिर कैलेंडर पर नज़र गई। महीने की आख़िरी तारीख़ बीते तीन दिन हो चुके थे। पूरा पेज फाड़कर उन्होंने केशो को दे दिया, "इसे फेंक दे। तारीख़ें बीत चुकीं। पेज अभी तक फड़फड़ा रहा है।"

रिंकी
मेरा विद्रोह

बिना बात मूड ऑफ़ कर दिया। अपने की तो कोई बात नहीं, पर मम्मी का भी कर दिया न...बस, यही अखर जाता है बहुत। ऋचा शायद मुझे, मुझसे कहीं ज़्यादा समझती थी। इसलिए भभकने के पहले ही शान्त कर देती थी। इस बार जब से ससुराल गई है, मुझे बहुत-बहुत अकेला कर गई है। शायद मम्मी को भी। ऋचा मेरे और मम्मी के बीच की अनिवार्य कड़ी थी। बीच की कड़ी खट् से निकल जाए तो दोनों तरफ़ की कड़ियाँ अलग-अलग, जैसे असहाय-सी छिटक पड़ती हैं। बस, वैसी ही स्थिति मेरी और मम्मी की हो रही है।

बात कुछ भी नहीं हुई, कॉलेज से लौटी। हाथ-मुँह धो फटाफट मम्मी के पास पहुँची, "मम्मी, मीता और सुलक्ष के साथ 'गॉन विद द विंड' जा रही हूँ," और थोड़ी ऐंठी, शरारत भरी मुस्कान के साथ, "इंग्लिश मूवी, जो तुम नहीं देखतीं।"

सुई से बटन पर आख़िरी धागा टाँक मम्मी बोलीं, "पापा से पूछा था?"

"नहीं।"

"फिर?"

"फिर क्या, तुमसे तो पूछ रही हूँ।"

"मैं तो कह दूँगी, पर फ़ाइनल पापा पर ही डिपेंड करता है।"

बस, उखड़ गई मैं, "हद करती हो तुम भी, मम्मी। जैसे मैं मूवी देखने नहीं, शादी करने जा रही हूँ।"

"बात घर के डिसिप्लिन की है, रिंकी। छोटी या बड़ी कैसी भी बात हो, उनसे पूछना तो ज़रूरी है न!"

"ओ-ह-हो! पापा ने कब डाँटा या मना किया है, मम्मी, वे डाँटते ही कब हैं, और फिर तुम तो हो न!"

"बस, यही तो मुश्किल है न! वे डाँटते नहीं तो तुम लोग उनकी रिस्पेक्ट ही भुला दो, क्यों?"

"अब लो, कब पूज्य पापा जी की रिस्पेक्ट में कमी की मैंने, मम्मी? और की भी तो...ज ज ज जाने दो। लौट के जितनी कहोगी उतनी रिस्पेक्ट कर दूँगी...ओ.के.?" मैं जाने को मुड़ी कि मम्मी की आवाज़ आई, "रिंकी!"

मैं घूमी।

"हर बात मज़ाक़ में उड़ा देने की नहीं होती। पापा घर के पूज्य हैं, बड़े हैं।"

जाने क्यों मम्मी की बात इतनी कड़वी कभी नहीं लगी थी मुझे। मीता, सुलक्ष हॉल के बाहर इन्तज़ार कर रही होंगी, सोचकर और भी बौखला पड़ी, "क्या मज़ाक़ उड़ा रही हूँ, बताओ? एक तरफ़ वे सब पिक्चर हॉल में इन्तज़ार कर रही होंगी। तुमसे जाने के लिए पूछा तो तब से भाषण पर भाषण पिलाए जा रही हो। मज़ाक़ तो तुम मेरा बना रही हो। सामने तुम हो, तुम्हारी परमीशन ले रही हूँ तो तोते की तरह पापा-पापा ही रटती जा रही हो। किसी के घर इन्तज़ार करती होतीं दोनों, तो फ़ोन ही कर देतीं। हटाओ, नहीं जाती," झल्लाकर मैं सोफे पर उठँग गई। एक क्षण को मम्मी बेहद दयनीय-सी हो उठीं—जैसे उन्होंने चाहा कुछ और हो, हो गया.कुछ और हो। सचमुच शायद यही हुआ था। उन्होंने पापा के प्रति मेरे मुँह से जो कुछ कहलाना चाहा था, उसका उलटा ही तो कुछ अपने बेफ़िक्र अन्दाज़ में बोल गई थी। तब क्या खीजने का अधिकार केवल मुझे ही था?

मेरी झल्लाहट जैसे हल्के से उन्हें आतंकित-सी कर गई हो। समझाती हुई बोलीं, "मैंने यह तो नहीं चाहा रिंकी कि तू..."

"तुम क्या चाहती हो, क्या नहीं चाहती हो मम्मी, कुछ भी समझ में नहीं आता। बस, एक चीज़ है बेहद अनचाही, और वही चाही थी तुमने अपनी

ज़िन्दगी में अपनी ही हार, अपना ही अस्वीकार। यह भी क्या मज़ाक़ है, मम्मी। रिस्पेक्ट क्या अपने को बनाए रखकर नहीं की जा सकती?"

उन आँखों में एक ज़लज़ला आया था, मैं सहम गई थी, वे हँसकर पार कर गई थीं। और अब बड़ी मृदु, शान्त-सी आवाज़ में मुझे बहलाती कह रही थीं, "ठहर! ऋचा की तरह तेरी भी शादी कर देती हूँ। एक साल में पता चल जाएगा कि घर और बच्चों के पीछे अपनी हार-जीत का कितना होश रहता है।"

मैं इतनी बेवक़ूफ़ नहीं थी कि बात कितनी सतर्कता से उलटी गई है, समझ न सकूँ। पर जाने क्यों उन्हें कुरेदने का मन नहीं हुआ। फिर भी मुँहफट जो ठहरी, और जो कुछ मन में हर समय खटकता रहे, वह मुँह पर आए बिना रहता भी तो नहीं न! उठते-उठते कह गई, "हाँ-हाँ, हर समय धौंस देती हो। कर दो न शादी। देख लेना—घर, बच्चे, बच्चों के बाप एक तरफ़ रिंकी रायजादा एक तरफ़। मैं अपनी तरह जिऊँगी, ठीक अपनी तरह और वन-टू-थ्री...," चुटकी बजाती मैं बोली, "हियर आयम ऑफ़ टु सी 'गॉन विद द विंड'।"

पलटकर मम्मी को देखने से जबरन बचती, मैं खटाखट सीढ़ियाँ उतर आई। मम्मी ने भी दुबारा बुलाकर कुछ न कहा।

ऋचा, तू कितनी आसानी से मम्मी को, मुझे और सारे घर को समझे हुए थी न! मैं क्यों नहीं कर पाती वैसा? जितना कुछ समझ पाती हूँ, उसके उलटे भी तो नासमझी कर जाती हूँ। सच-सच कह दूँ तो थोड़ा-बहुत अनुमान कर सकती हूँ कि आज पिक्चर जाने के लिए पापा की परमीशन पर मम्मी इतना ज़ोर क्यों दे रही थीं? सुबह नाश्ते की टेबुल पर पापा द्वारा 'स्कूल' को 'इस्कूल', 'रिज़र्वेशन' को 'रिजर्वेसन' और 'प्रिटी' को 'प्रेटी' सुनकर मैं और रत्ना मम्मी की उपस्थिति में ही ख़ूब ज़ोर से हँस पड़ी थी। पापा थोड़े से झेंपे, फिर निश्चित भाव से उठ गए। रत्ना होंठों के अन्दर

ही हँसी दबाए रही। अब याद आता है, मम्मी उसी समय किचन में महाराज को कुछ याद दिलाने चली गईं और मेरी हँसी रुकने पर ही आईं। थोड़ा सहमी ज़रूर, फिर अन्दर ही अन्दर बहस पर उतर आई। पापा मेरे क्या कुछ नहीं? फिर मम्मी को क्यों अखर जाता है? और फिर जिस पर हँसी, उसने तो कुछ भी नहीं कहा? लेकिन बहस करने की नौबत नहीं आई थी। मम्मी ने कुछ नहीं कहा, पर उनका चेहरा देखकर ही मन आत्माधिकृति से भर उठा था। पहचान रही थी—ख़ूब अच्छी तरह, उसी दंश की पीड़ा उभरी थी मम्मी के चेहरे पर। लेकिन मैं जानबूझकर क्यों नकार गई? पर सच कहती हूँ, मैं ख़ुद कहीं अन्दर बेहद लाचार हूँ। मम्मी के चेहरे की आस्था, अनुशासन, भय, संकोच सब कुछ कभी-कभी मुझे बेहद आरोपित लगने लगते हैं। लगता है, जानबूझकर मम्मी इनका ग़लत उपयोग कर रही हैं—अन्यायपूर्ण...और इस अन्याय का प्रतिकार मम्मी के हक़ में करना चाहती हूँ, पर शायद अपने प्रतिकार का भी ग़लत उपयोग ही कर बैठती हूँ।

ऋचा, तू कितने ठीक मौक़ों पर मुझे धीमे से झिड़ककर चुप करा दिया करती थी...शायद इसलिए कि तू ख़ुद भी शायद वही कुछ महसूसती थी, तभी तो पहले से ही मुझे चुप कर देने के लिए सतर्क रहती थी। वह एक अवसाद भरा एहसास, जो हम दोनों साथ-साथ ढोते थे। अब अकेले मुझे ढोना पड़ रहा है, लेकिन यह 'सब कुछ' क्या है, समझ में भी तो नहीं आता न! पास रहने पर हम दोनों भी इस पर कहाँ कुछ कहते-सुनते थे या यों कहूँ कि जानबूझकर कतराते थे, पर उस एहसास के बादल के घिरते ही हम दोनों एक-दूसरे के सामने होते थे।

अब मैं और रत्ना, छोटी सी अबूझ आँखें झपकाती, मम्मी से पापा के काल्पनिक अदब-क़ायदों, पसन्दगी-नापसन्दगी की शिक्षा लेती हुई। सुनती-सुनती उसी आदत से मजबूर फटाक् से बोल पड़ती हूँ, "जाएगी, ज़रूर जाएगी बॉम्बे टूर पर, देखें कैसे रोकती हो!"

"पापा!"

"पापा की ऐसी की तैसी। लड़ जाना री..."

रत्ना के बड़े होने के साथ-साथ मम्मी की आवाज़ की सख़्ती भी क्यों बढ़ती जा रही है? वह भी ख़ासकर, उसी के सामने...एकदम सख़्त आवाज़ में उन्होंने रत्ना को मुझसे काटकर अलग कर दिया, "सुनो रत्ना, पापा चाहेंगे तभी तुम जा सकोगी, मैं पूछकर बताऊँगी।"

जाने क्यों रत्ना की आँखों में आशंकित भय देख मैं उसे निर्मूल करने पर तुल गई, "हम ख़ुद क्यों नहीं पूछ सकते? चल रत्ना, आने दे पापा को, मैं पूछ लूँगी।"

पापा के पास जाते समय भी रत्ना धीमे से बोली, "दीदी, धीमे से पूछना। लड़ना नहीं, हाँ!"

मैं उसके गाल पर एक चपत लगाकर हँस पड़ी थी। ऋचा के जाने के बाद से रत्ना का प्यार ही शायद मुझे इतना उन्मुक्त और निश्चिन्त रखे हुए है। वह मम्मी का आदर करती है, ख़याल करती है, उनकी हर आज्ञा का अक्षरश: पालन करती है। विशेषकर पापा के सन्दर्भ में दिए गए निर्देशों का... पर प्यार बस मुझे करती है। मम्मी भी तो यही करती हैं। पढ़ाई, लिखाई, सफ़ाई, आदतों और खाने-पीने का ध्यान रखती हैं, पर कभी हुलसकर उसे बाँहों में भींचते, दुलारकर चूमते नहीं देखा—पता नहीं क्यों? मुझे और ऋचा को तो बचपन में ख़ूब प्यार करती थीं। एकदम उलटी बात। कम उम्र में तो चार बच्चों की माँ की तरह प्यार करती रहीं और बड़ी होने पर झेंपने लगीं।

हमेशा फ़ाइनल की रिपोर्ट और प्राइज़ लिये रत्ना कार से उतरकर ख़ुशी से निकलती दौड़ती आती है, "ममा, फिर फ़र्स्ट आई हूँ...दीदी, फिर फ़र्स्ट आई हूँ!" तब भी वही धीमे से हँसकर माथे पर हाथ फेर देना, बस। फिर मुझे देखकर, "रिंकी, रिपोर्ट देख जरा इसकी।"

बस, रिपोर्ट से पहले मैं ही उसे उछलकर गोद में उठा लूँगी। यह दूसरी बात है कि उसे उठाने के साथ मैं ख़ुद ही गिरने लगूँगी। वह मुझे सँभालती हँसेगी। फिर ढेर सारी स्कूल की बातें सुनाएगी। मैं ख़ूब ध्यान से मज़े ले-ले कर सुनूँगी। फिर सहेलियों की पार्टी के 'मेनू' बनेंगे। पापा ख़ुश होकर हँसते रहेंगे। मम्मी बीच-बीच में टोकती रहेंगी, "फ़ॉरेन से डिग्री लेकर आना, तब

इतनी बड़ी दावत होगी।" या फिर, "यह फ़र्स्ट आना तो काफ़ी महँगा पड़ रहा है, रत्ना। बस, चार-पाँच सहेलियाँ बुलानी हैं, बाक़ी अगले साल। अगले साल भी तो फ़र्स्ट आना है।"

"जी हाँ, अगले के अगले साल भी आएगी। तब और बड़ी पार्टी आपको देनी होगी, मम्मी जी," मैं रत्ना की तरफ़ से बोल पड़ती हूँ।

अचानक मुझे लगता है मम्मी की आँखें ख़ुशी से नहीं, कृतज्ञता से छलक रही हैं।

"पापा, मैं रत्ना को रैकेट दिलवाने जाऊँ? मैंने प्रॉमिस किया था।"

"हाँ-हाँ...केशो!" पापा गर्वोन्मत्त आवाज़ में बुलाते हैं, "ड्राइवर को बुलाओ।"

"और पापा, आप नहीं दे रहे रत्ना को कुछ?"

"जाओ, बाज़ार से मेरी तरफ़ से भी जो ले, ख़रीद देना।"

मेरे आँख मारने पर रत्ना मम्मी से कहती है, "और मम्मी, मम्मी?"

"पापा ने दिया न, बस, मम्मी-पापा अलग-अलग थोड़े ही देते हैं। उसी में मेरा भी..." ओह! कितनी सतर्क रहती हैं मम्मी हमेशा। क्यों, आख़िर क्यों?

रत्ना के सामने मैं जानबूझकर कुनमुनाई, "चल, रत्ना! ये कंजूस मम्मी क्या देंगी? कल से टेबुल से इनकी प्लेट ग़ायब कर देंगे। पापा खाना खाएँगे न, वही इनके पेट में जाएगा।"

पापा अभी तक मम्मी के वाक्य से ही परम आनन्दित आँखें मूँदे निश्चित भाव से स्प्रिंगदार ईज़ी चेयर में धँसे थे।

मम्मी उठकर जाने लगीं तो सिर से आँचल ज़रा सा खिसक गया। पीछे के काले बालों के बीच-बीच में सफ़ेद बाल झिलमिला उठे। बड़ा मज़ा आता है सोचकर, एक अरसा पहले पापा ने कब बाल काले करने शुरू किये, हमें याद नहीं, पर अब रास्ते चलते मम्मी के हल्के से सफ़ेद होते हुए कुछ बाल और पापा के चमकते काले बाल, लोग बड़े ध्यान से देखते हैं। एक दिन ऑर्डर के लहजे में मैं बोली, "मम्मी, आप बाल डाइ किया कीजिए।"

"ओहो, शुक्रिया! एक फ्रॉक भी सिलवा लूँ?"

"मज़ाक़ नहीं! आप नहीं जानतीं, बाहर वालों को देखने में कितना ऑड लगता होगा।"

"बाहर वालों की फ़िक्र करने के लिए तू अकेली ही बहुत है।"

"यूँ ही बेचारे सोचते होंगे, पहले हसबैंड बूढ़ा था, वाइफ़ यंग थी; अब हसबैंड यंग है, वाइफ़ बूढ़ी!" रुक गई बीच में ही...जी करता है ज़ोर से चीख़ पड़ूँ। कभी-कभी ऐसी ही बातों पर मम्मी खिलखिला भी तो पड़ती हैं, पर आज ऐसी लहूलुहान-सी कातर आँखों से क्यों इधर-उधर देखने लगीं? मुझे पता भी तो नहीं रहता कि कब मेरी बात कौन सा सागर मथ आती है?

यह तो ऋचा ही जानती है। कभी-कभी लगता है, मम्मी और ऋचा कहीं किसी एंगिल पर एक सी हो जाती हैं। ड्राइंग रूम में, बाहरी बरामदे में और मम्मी के बेड रूम में ऋचा की बनाई बड़ी-बड़ी कैनवस पेंटिंग्स टँगी हैं। इन पेंटिंग्स की मूल चेतना है नारी, प्रकृति—अथाह ममतामयी नारी और राशि-राशि सौन्दर्य लुटाती प्रकृति। प्रकृति और नारी, नारी और मम्मी, मम्मी और ऋचा...अनवरत...एक अटूट लम्बी डोर...ऊपर से नीचे तक यही लम्बी रेशमी डोर मुझे बाँधकर उलझाए हुए है। जानती हूँ कैसे एक-एक धागे को पलकों से पोंछ-पोंछ कर यत्न से सँजोकर मम्मी ने यह रेशमी घोंसला बनाया है। मैं और ऋचा इनमें साथ-साथ नन्हे चिड़ियों के बच्चों-से कुलबुलाते बड़े हुए हैं। एहसास के हर क्षण हमने साथ-साथ जिये हैं। तभी तो ऋचा की इन पेंटिंग्स के हर स्ट्रोक मेरे भी उतने ही हैं, जितने स्वयं ऋचा के। कभी-कभी लगता है, मैं बोलती गई हूँ और ऋचा उसे कैनवस पर उतारती गई है...

ड्राइंग रूम में प्रकृति का एक काल्पनिक चित्र, अपना सर्वस्व लुटाती अलौकिक त्यागमयी मुस्कान बिखेरती प्रकृति...मम्मी के बेड के ठीक सामने, कैनवस के एक कोने में लम्बे, चिकने बाल खोले एक रूपसी खड़ी सामने तेज़ी से गुज़रती भीड़ को आतुर नेत्रों से देखे जा रही है। शीर्षक है 'अनवरत प्रतीक्षा'। मम्मी को पेंटिंग बहुत पसन्द आई थी। भीड़ के बीच प्रतीक्षा अभी

तक शायद किसी चित्रकार ने नहीं दिखाई होगी न? वह पेंटिंग ऋचा जब बनाती, मम्मी इधर-उधर से आ कुछ पल देखती रहतीं। पूरी होने पर मम्मी ने देखा, वह पेंटिंग उनके बेड के ठीक सामने टँगी है।

और बरामदे के पूरे कैनवस पर डूबते सूरज की लाल, सिन्दूरी, पीली, शोख़ किरणें छितराई हुई हैं। उन्हीं किरणों के ही हल्के गाढ़े शेडों में उरेही धुँधली-सी नारी छवि जल्दी समझ में आती भी नहीं। शीर्षक है 'किरनों में नहाई'। शायद शीर्षक पढ़ने पर ही लोग शोख़ रंगों में डूबी छवि ढूँढ़ने लगते हैं और आकार स्पष्ट होते ही 'वाह' कर उठते हैं। मुझे मालूम है यह चित्र चाहे कैनवस पर आज उतरा हो, पर ऐसी ही हूबहू छवि कितने सालों से मेरे और ऋचा के मन की दीवारों पर टँगी थी—सिन्दूरी बौछारों में झुकी पलकें, संकुचित-सी बैठी मम्मी और सामने खड़े समाधिस्थ से रत्नेश अंकल...

कभी-कभी बिना बात उखड़ती हूँ तो मम्मी हँसने लगती हैं, "केशो, तेरा भाई फ़ौज में है न, क्या-क्या कारनामे सुनाता है उसके। ज़रा उससे सिफ़ारिश करके रिंकी को भी भरती करवा दे न। यहाँ घर में बिना गोला-बारूद के कहाँ तक बहादुरी दिखाए बेचारी।"

केशो ठेठ पुरबिया अन्दाज़ में हँसता है, रामकली आँखें मटकाकर कहती है, "ई घँघरिया बाँध के फौउज में जाएँगी? भगोना तो गैस से उतार न पावें, ढाई पसेरी की बन्दूक़ उठाएँगी।"

"उठाएगी, उठाएगी...हमें-तुम्हें देख ही इतना बिफरती है, तो दुश्मनों की कहाँ ख़ैर!"

उस समय तो अनाप-शनाप बक दूसरों के साथ हँस लेती हूँ, पर मैं ख़ुद भी ऐसे क्षणों के बाद या अक्सर यूँ भी सोचती हूँ—यह अनाम विद्रोह मुझमें कैसे, क्यों पनपा? इतने सुख, इतनी सुगमता के बीच इस विद्रोह की गुंजाइश

हुई कैसे आख़िर? पापा कारख़ाने के लाभ-हानि से अलग कुछ भी सोचने-समझने या हस्तक्षेप करने से दूर, हद से ज़्यादा सीधे भी। मम्मी प्यार-दुलार से लेकर मीठी फटकार तक सब कुछ अगाध ममत्व और अपनत्व के साथ लुटाने वाली। रत्ना चिर उल्लासमययी, हमेशा 'जीजी' के इशारों पर चलने वाली। फिर यह विद्रोह किसके प्रति है? मन को उलट-पलट कर देखती हूँ तो लगता है, अलग-अलग सब कुछ अच्छा लगता है। जुड़ा हुआ, एक-दूसरे से सम्बन्धित कुछ भी नहीं। मम्मी-पापा नहीं। मम्मी, रत्ना या पापा भी नहीं। हम चारों भी नहीं। जैसे-जैसे बड़ी होती गई हूँ, यह एहसास गहराता गया है, कहीं कुछ असहज है, असामान्य है। कई-कई आवाज़ें अन्दर लगातार चीख़ती रही हैं पर बाहर नहीं आ सकीं। बाहर आने के लिए तो एक आकार चाहिए न! विद्रोह की साकार पीठिका!

स्थितियाँ बहुत तेज़ी से बदलीं, बिलकुल चलचित्र की तरह—सुख-दुख, राग-विराग, सम्भावनाओं और असम्भावनाओं से भरी हुई, एकदम जिसे सीधे-सीधे ज़िन्दगी के दौर कह सकते हैं।

ब्रिस्टल से ऋचा का 'सन-बॉर्न' (पुत्र जन्म) का ट्रंककाल आया। मैं और रत्ना नाच उठे। मम्मी—रामकली, केशो, महाराज—सबको ख़ुशी से छलकती बख़्शीश बाँटने लगीं। पापा हर आने-जाने वाले को गद्गद भाव से ख़बर सुनाने लगे। सारे मुहल्ले और कारख़ाने में मिठाई बँटी। केशरवाटी और घंटे वाले का स्पेशल सोहन हलवा आया। शाम को ख़ास दोस्तों को डिनर पर बुलाया गया। मम्मी बड़े मनोयोग से अपने निर्देशन में एक-एक चीज़ तैयार करवा रही थीं। मैं और रत्ना ब्रिस्टल जाने और आने के ख़र्चे का एस्टीमेट तैयार कर रही थीं। मम्मी की हर मीठी फटकार के बाद हम दोनों किचन में जाकर मदद के नाम पर कोफ़्ते या पुलाव कुछ चखकर लौट आते।

पार्टी पूरी रौनक़ पर थी। खन्ना अंकल, बहल अंकल, खरे अंकल, आंटीज़ और बच्चे, सबकी बधाई पर आभार प्रकट करतीं मम्मी। पापा को चिढ़ाते बहल अंकल बोले, "देखो ज़रा, रायजादा की चाल ही बदल गई है। कैसे झूम-झूम कर चल रहे हैं।"

ख़ुशी ज़ाहिर करते पापा बोले, "जन्म भर तो अपने बेटे का इन्तज़ार करता रहा, अब बेटी के बेटे पर ही सोचा हौसला निकाल लूँ।"

सन्न! जैसे साइलेंसर लगी पिस्तौल की गोली मम्मी को आर-पार कर गई हो। वे जैसी की तैसी खड़ी रह गईं। मैं और रत्ना अवाक् एक-दूसरे का मुँह ताकते रहे, और साथ-साथ यह मानने से नकारते रहे कि जो कुछ सुना वह सच ही था। ओह! कितनी बुरी तरह वह सन्नाटा सबको निगल रहा था। तभी खन्ना आंटी बोलीं, "यही तो ऐसी बातें हैं, रायजादा साहब, जहाँ अपना वश नहीं चलता।"

"सिली शीला!" खन्ना अंकल आंटी को चुप कर पापा की ओर घूमे, "आई डिडिंट एक्स्पैक्ट यू दैट फ़ुलिश, राय! अभी तुम्हारे दिमाग़ में ये पुराने फ़ितूर घोंसला बनाए हुए हैं? ईश्वर ने जितना दिया उतने ही ग्रीडी होते गए हो। एकदम क्लियोपैट्रा-सी भाभी जी, तितलियों-सी बच्चियाँ।"

"वाह अंकल, वाह! शायर के बाप भी मात खा जाएँ, वह बात बोली है। आपने," असल में तो मेरा मक़सद बस सन्नाटे की कुरूपता को नकारना था।

पापा पूरी ईमानदारी से हार मानते से सामने आ गए, "नहीं, खन्ना! कभी-कभी मन घबरा जाता है, यह इतना फैला बिज़नेस अकेले कब तक सँभालूँ। फिर भई लड़के की बात तो..."

अंकल ने फिर उन्हें बीच में काट दिया, "तो आपका मतलब है लड़का होता, तो वह कारख़ाने के झगड़े निपटाता और पंप के बही-खाते देखता? शुक्र कीजिए ख़ुदा का। मंगतराम के हैं तो दो-दो लड़के, जब जाओ बूढ़ा सिर पीटते ही मिलता है। और गुप्ता जी के साहबज़ादे? बस, इतना सँभालते हैं कि एकाउंट में दर्ज होने से पहले ही रक़म उनके पॉकेट से शानदार

होटलों और कैबरे में उड़ चुकी होती है।" अंकल बचाव पक्ष के वकील की तरह जैसे किसी निरपराध पर लगे झूठे आरोपों को जी-जान से ग़लत साबित करने पर तुले थे। हर बार वाक्य की समाप्ति के साथ उनकी आँखें आतुरता से मम्मी की ओर उठतीं, लेकिन वहाँ एक सपाट मौन रहता, और कुछ नहीं।

पापा उसी ठहाते धीमे-धीमे चलते लहजे में बोले, "क्या करूँ भाई, मन में आता है, कह देता हूँ। तुम्हीं लोगों से न कहूँगा...देने को ईश्वर ने सचमुच बहुत दिया है। शुक्रिया ये रोज़ नहा-धो कर करती ही हैं।" अन्तिम वाक्य के साथ वे इस तरह हँस पड़े, जैसे कोई चुटकुला बोले हों। बेटे के अभाव पर अपना दुख व्यक्त करते समय या उसके बाद भी उन्होंने मम्मी को देखा भर था, समझने या थहाने से पहले ही उनकी दृष्टि लौट आई थी।

पार्टी के दिन पापा ने जो कुछ भी कहा था, उसकी पृष्ठभूमि थी। चार साल पहले एक शाम एकाएक वे पसीने से तरबतर हो उठे। नब्ज़ ख़त्म होने लगी। एक दहशत भरी ख़ामोशी के बीच डॉक्टरों का ताँता, इंजेक्शन, ऑक्सीजन। सात-आठ घंटे में हालत सुधरी थी। पता चला माइनर हार्ट अटैक था। बाद में पापा बिलकुल ठीक हो गए थे। डॉक्टर अंसारी ने तमाम लोगों के उदाहरण देकर उन्हें समझा दिया, हार्ट अटैक के बाद लोग बीसियों साल जिये हैं, जिससे स्वभाव से भीरु पापा को काफ़ी आश्वासन मिला था। कुछ दिनों में ही हम सबके दिमाग़ से भी वह हौवा ग़ायब होने लगा था। लेकिन तब भी पापा वक़्त-बेवक़्त अपने बिज़नेस को लेकर परेशान हो जाते कि मैं नहीं रहूँगा, तो इतना बड़ा बिज़नेस कौन देखेगा? इतना बड़ा 'मैं' भले समाप्त हो जाए, पर बिज़नेस नहीं। कितनी हास्यास्पद चिन्ता!

इधर लगातार काफ़ी दिनों के आराम और देखभाल की वजह से पापा का शरीर थोड़ा और थुलथुल हो गया था। चिड़चिड़े भी थोड़े ज़्यादा हो

गए थे। स्वभाव से भीरु होने के कारण अब साल पूरा होने पर भी ज़्यादा चलने-फिरने से बचाव की कोशिश करते थे। समझते थे, मर्ज कहीं दुहरा न दे। लेकिन होता था उलटा, शरीर और भारी होता जा रहा था, जो ज़्यादा ख़तरनाक था। मम्मी अप्रत्यक्ष रूप से डॉक्टर अंसारी से उन्हें समझाने को कहतीं। मैं समझती थी, स्वयं उन्हें समझाने के लिए मम्मी कितनी निरुपाय थीं। पलंग या आरामकुर्सी पर पड़े-पड़े एकाउंट्स वग़ैरह देखते या कारख़ाने के किसी आदमी से बात करते समय भी वक़्त की दवा, नाश्ते या खाने में ज़रा भी देर होने पर—'साला', 'सूअर', 'गधा' आदि कहकर केशो और महाराज पर भुनभुनाने लगते। आवाज़ उनकी कभी नहीं ऊँची होती थी, पर समतल आवाज़ में ही वे सारी गालियाँ बक जाते, जैसे एक स्वर से कुछ पढ़ रहे हों।

मुझे जाने क्यों पूरा माहौल ही सड़ा-सा लगता। पीरियड्स ओवर होने पर भी कॉलेज में ही गप्पें मारती बैठी रहती। इसका एक और भी कारण था। कई बार मम्मी को मुलायम अनुरोधपूर्ण स्वर में पापा से कहते सुन चुकी थी—किसी बच्चे को गोद लेने की बात। उत्तर में पापा जिस ढंग से 'न न' करते वह किसी लालची बच्चे की 'न न' की तरह होती, जो सिर्फ़ माँ-बाप के डर से मिठाई लेने से हिचक रहा हो। पर अब पापा के सामने किसी बात के विरुद्ध चूँ तक न करने वाली मम्मी की तर्क शक्ति प्रबल होती, "आप पर बहुत स्ट्रेन पड़ रहा है। सुनिए, थोड़ा बड़ा लड़का लीजिए जो दो-चार सालों में आपकी मदद कर सके। शाम को चलें न..." और पापा अन्दर की ख़ुशी छिपाते तैयार हो जाते।

मैं देखती। सिर से पाँव तक की सारी नसें चिटकने लगतीं। अनगिनत विद्रोह फन काढ़कर फुफकारने लगते। पापा के रहते नहीं, पर उनके कहीं बाहर जाते ही अकारण खीजना-चिल्लाना शुरू कर देती। चिड़चिड़ाहट और भी बढ़ती, जब मम्मी को वैसी ही शान्त, सौम्य देखती। रत्ना अवश्य मुझे झल्लाते देख चुपचाप स्टडी टेबुल पर जा बैठती। मम्मी पास आ मृदु स्वर से समझातीं, "बड़ों की बात तू नहीं समझेगी, रिंकी। तुझे क्या परेशानी है, बोल?"

मैं क्या बोलती और कैसे बोलती!

मम्मी ही मेरा माथा सहलाते हुए बोलती जा रही थीं, "तू समझती नहीं, पापा अकेले कितने थक जाते हैं। मेरी स्थिति की तो शर्त ही यही है, उनके सुख-दुख का, शरीर और मन का ख़याल रखना..." फिर एक रौ में बोले गए वाक्य को सुधारती-सी बोलीं, "हम सबका भी तो यही फ़र्ज़ है न। कौन देखेगा इतना फैला बिज़नेस? तू शादी कर ले और अपने हसबैंड को राजी कर ले यहाँ रहने को। कहा तो गया था प्रबोध (ऋचा के पति) से...बोल!"

सचमुच क्षण मात्र में ही पति के रूप में की गई सारी कल्पनाएँ आरामकुर्सी में धँसे एकाउंट्स देखते घर जमाई को सोचते ही भरभराकर गिर पड़ीं। शादी के बाद हमेशा मायके में रहना—कितना नीरस, सपाट और उल्लासहीन!

"मैं क्या करूँ, मम्मी! सब कुछ सोचते ही जैसे मेरा दम घुटने लगता है। लगता है अपना ही घर अजनबी हो जाएगा। मुझे रत्ना की चिन्ता है। न छोटी है, न बड़ी...उसे कैसा लगेगा? कैसे एडजस्ट कर पाएगी, बताओ?"

मेरी आँखों में आँसू झिलमिला आए थे। नरम हथेलियों से सुखाती मम्मी प्यार से बोली थीं, "तू निश्चिन्त होकर पढ़, मैं सब सँभाल लूँगी," फिर जैसे अनजाने में उनकी साँस खिंच-सी गई, "रत्ना को भी समझा दूँगी।"

आह, कितनी करुण स्वीकारोक्ति थी मम्मी की आँखों में! मुझे जाने क्या हुआ, एकदम उनकी गोद में सिर रखे हिलक-हिलक कर रोती रही।

उन्हीं दिनों सर ने लिंग्विस्टिक की दो वर्षीय फ़ेलोशिप पर फ़ॉरेन जाने की बात सुनाई तो सबसे पहला हाथ मेरा उठा था।

"तुम्हारा तो बड़ी आसानी से हो जाएगा, रिंकी। पर राय साहब तुम्हें जाने देंगे? सुनते हैं, ज़रा पुराने ख़यालों के हैं।"

"ओह, नो! पढ़ाई वग़ैरह मामलों में नहीं, सर।"

"समझा! फिर तुम स्टाफ़ रूम में आकर एक एप्लीकेशन दे देना।"

और डेढ़ महीने बाद ऑर्डर आ जाने पर सबसे पहला धक्का स्टडी टेबुल पर चुपचाप झुकी रत्ना को देखकर लगा था। मम्मी-पापा सुनकर ख़ुश हुए। शायद मेरी ख़ुशी में सहयोग देने के लिए। पर रत्ना को बताने का साहस ही नहीं जुटा पा रही थी। देर तक बरामदे की दीवार पर चुपचाप लेटी ऋचा की 'अनवरत प्रतीक्षा' को घूरती रही थी। मस्तिष्क अवसन्न था, बेहद बोझिल।

हारकर उठी। इधर-उधर केशो, रामकली से मन बहलाया। फिर रत्ना के कमरे में जा पीछे से उसकी आँखें मूँद लीं।

"जीऽऽजीऽ!" वह मेरी हथेलियाँ हटाकर मुस्करा पड़ी। उसकी मुस्कराहट से बल मिला।

"देख, तेरी दूसरी जीजी भी फ़ॉरेन जा रही है। मज़ा आ रहा है? सहेलियों में ख़ूब रुआब मारेगी न?"

"देख, लिस्ट बहुत लम्बी नहीं होनी चाहिए, और तेरी लिस्ट तो मुझे रटी हुई है—रैवलान, यार्डले, ब्लू चीज़ और चॉकलेट्स, नो।"

"हूँऽऽ" और यह भी धीमा।

"यह हूँ-हूँ क्या लगा रखी है। चिढ़ रही है न मेरे जाने से?"

एकदम जैसे सैलाब आ गया हो, वह ज़ोरों से फफककर रो पड़ी... दुबली-सी काया, मेरी बाँहों में सिमटी, कंधों से टिकी, हिचकियों के बीच, बस, चार काँपते से शब्द फूटे थे, "तुम मत जाओ जीजी!"

खुले बालों की दो नन्ही लटें उसके गालों से सटी थीं और सुकुमार चेहरा बरसाती झील-सा तरबतर।

मुँह धुलाकर मनाया-समझाया, वह भी थोड़ी हल्की लगी। तब उसे लेकर पापा-मम्मी के पास पहुँची। ऐसे विश्वस्त भाव से बैठी जैसे उनकी बराबरी के दर्जे पर कोई ख़ास मशविरा करने आई हूँ। यह विश्वस्त भाव शायद ऑर्डर आने के साथ ही मुझमें पनपा था। आश्चर्य, मम्मी-पापा भी उसी दर्जे पर मुझे अहमियत दे रहे थे।

"पापा! आपसे एक बात कहनी है। रत्ना को किसी अच्छे हॉस्टल में

डालना पड़ेगा। शी इज़ सिम्पली वेस्टिंग हर टैलेंट हियर (उसकी प्रतिभा यहाँ व्यर्थ नष्ट हुई जा रही है)।"

मम्मी तो रत्ना के बारे में हमेशा ही तटस्थ रही हैं। इसीलिए सीधे पापा से बात करनी चाही थी।

पापा सारी बातें समझ गए। अपनी रज़ामंदी भी दे दी, तभी एकाएक मुस्कराकर सयानों की तरह पूछ बैठे, "लेकिन अपनी मम्मी से पूछा?"

"क्यों?" मेरे और मम्मी के मुँह से एक साथ निकला।

"मतलब ये रत्ना को अपने से दूर भेजने को तैयार होंगी?"

ओह, तो फिर पापा अपना सयानापन और दूरदर्शिता दर्शाने के फेर में निहायत बोदी और एक तरह से अपमानजनक बात कह गए थे। मैंने पूरी शक्ति से अपने चेहरे पर बेहद हैरानी और अनभिज्ञता का भाव बनाए रखा। इस समय अकेले मुझे ही तो असहाय मम्मी की रक्षा करनी थी। फ़ौरन तमककर बोली, "कैसी बातें करते हैं आप, पापा! जब मेरे लिए मम्मी तैयार हो गईं तो...और फिर मम्मी ने कब अपने मोह को हम सबकी ख़ुशी के बीच आने दिया है..."

अन्दर ही अन्दर डर भी रही थी कि कहीं और स्मार्ट बनने के फेर में पापा अपनी बात अर्थाने न लगें, लेकिन ग़नीमत थी कि वे ख़ुद पसोपेश में पड़ने लगे, कारण शायद रत्ना थी।

इतनी देर में मम्मी ने अपने को सहज (?) कर लिया था। दयनीय से स्वर में बोली थीं, "इत्ती बड़ी रिंकी को ही क्या मन से भेज पा रही हूँ? पर अपने को देखें या बच्चों के मन को!" लगा, अपने आरोप को नकारते हुए भी वे स्वयं को बेहद निहत्थी और असहाय महसूस कर रही हैं—अपने ही घर में, अपने ही पति के समक्ष।

"हाँ-हाँ, वह तो है ही," पापा ने बेहद औपचारिक स्वर में समझ लेने का भाव दर्शाया। वे अब भी असमंजस में थे कि मैंने तथा मम्मी ने उनकी बात का ठीक-ठीक क्या अर्थ लगाया?

अन्दर की सारी आस्था समेटकर मम्मी फिर बोली थीं, "हमारे सब बच्चों को जिसमें सुख मिले, वही न हम दोनों को देखना है।"

एक-एक शब्द पापा की इच्छा और समझ के अनुकूल रखकर मम्मी ने उन्हें आश्वस्त करने की कोशिश की थी।

लेकिन पापा? इतने सालों से हम तीनों के जन्म, तत्कालीन स्थितियों और परस्पर सम्बन्धों की कितनी रूढ़िग्रस्त तावीज़ें पहने हुए थे।

बहुत-बहुत ख़ुशनुमा, झूमते, मदमस्त दिन...ऋचा और प्रबोध जीजा जी एयरपोर्ट पर आ गए थे। दूब-सी लहलहाती उल्लास भरी ऋचा कितनी प्यारी लग रही थी। खुले-खुले उड़ते बाल, धानी झिलमिलाती साड़ी, चेहरे और शरीर पर मातृत्व का गरिमापूर्ण सम्मोहन। शान्त, सौम्य चेहरे पर मुक्त उल्लास छाया हो तो ज़्यादा ही अच्छा लगता है, नहीं तो मेरी जैसी हमेशा ही खिलखिलाती हँसी कभी उतनी सम्मोहक हो ही नहीं सकती।

पहले दिन ऋचा और प्रबोध जीजा जी के साथ होटल ही में रुकी। जिस झोंके से दौड़कर रबर के बबुए से गदबदे टुन्नू को गोद में उठाया था, बेबी सिटर मुँह फाड़े देखती रही, "गॉश! यू हैव टु बी केयरफुल!" मैं मुस्करा दी।

टुन्नू को ख़ूब गींजने, खिजाने-रुलाने के बाद रत्ना और मम्मी को पत्र लिखे, फिर ऋचा के नए-नए अनुभव, जीजा जी की आँख भरी हिदायतें (दिलफेंक लड़कों को लिफ़्ट देने के बारे में) सुनते-सुनते दूसरे दिन हॉस्टल पहुँची। ऋचा लोग दूसरी शाम ही हॉस्टल में ज़रूरत की रही-सही चीज़ें पहुँचा, मुझे सेटल कर ब्रिस्टल लौट गए।

अब मैं थी और मेरे सामने ख़ुद अपनी मर्ज़ी से चुनकर ख़रीदा हुआ एक निहायत ख़ुशनुमा वर्तमान।

लेकिन ख़ुद अपने हाथों छूने पर यह वर्तमान कितना सख़्त, सपाट और निरर्थक लग रहा था। जितनी दूर तक देखा उतना ही वीरान जैसे किसी सजे-सजाये काग़ज़ के फूलों के सेट के बीच बैठी हूँ। कहीं अपनत्व भरी ख़ुशबू की गंध नहीं...अपनत्व भरी ख़ुशबू की गंध...उँगलियों से पलकें ढाँप

लेती हूँ। मम्मी की पारदर्शक, झलकती मुस्कान पंख पसारकर तिरने लगती है। फिर एक अवसाद भरी आत्माधिकृति चारों ओर से जकड़ती चली जाती है।

शायद मम्मी जानती थीं, सबसे ज़्यादा असहनीय किन्हीं क्षणों में मेरी वे ही थीं। मेरा विद्रोह अपने लिए नहीं, उनके लिए था। उन स्थितियों से जिन्हें उन्होंने जानबूझकर अपने विध्वंस के लिए चुना था। मैं उनसे अपने विद्रोह में सहयोग चाहती थी और वे असमर्थ थीं। उनकी असमर्थता जानते-समझते हुए भी मैं स्वीकार क्यों नहीं कर पाती थी? असमर्थता तो उनकी स्थिति की शर्त थी। मैं उसे उनका पाखंड समझती थी। कितना बड़ा अन्याय किया था मैंने! क्या मम्मी भी मुझसे कहीं सहयोग नहीं चाहती थीं? सहयोग बस इतना कि उनकी स्थिति समझकर उसे स्वीकार कर लेने का...लेकिन कहाँ हो सका मुझसे? मम्मी की अधिकार भरी ममत्व की डोर पूरे दावे के साथ काटकर चली आई...प्रतिदिन तो उन्होंने कभी चाहा नहीं था, पर प्रत्युत्तर में यह दंड-संहिता कैसे अपनी इच्छा से मम्मी के नाम लिख आई मैं?

यह नया समाज लाख पढ़ने और सुनने के बावजूद प्रत्यक्ष अनुभव के रूप में मेरे लिए एकदम नया था। यहाँ सेरा रॉबिन्स थीं—असिस्टेंट लाइब्रेरियन...पैंतालीस की अधपकी उम्र में तीसरे नव-विवाहित पति के कंधों पर मदहोश—सी लुढ़कती।

ग्रेटा आस्टिन थीं—महज़ विचारों और दृष्टिकोण के स्तर पर मतभेद के कारण दूसरे पति को तलाक़ देकर पचास की उम्र में पैंतीस का भ्रम देती, स्वयं अपने अनुसार अधिक निश्चिन्त एवं व्यवस्थित जीवन बिताती।

विधवा मिसेज़ बर्नार्ड थीं—वेशभूषा और मेकअप के प्रति पूर्ण सतर्क, किसी दूसरे अनुरूप जीवनसाथी की तलाश में।

वृद्धा मिसेज़ अंडरवुड थीं—नाक के नीचे खिसकते चश्मे को ऊपर खिसकातीं, अपने अधिकारों एवं पैसों के प्रति सन्नद्ध बेटों को चेतावनी भरे पत्र लिखतीं—'यू मस्ट थिंक ऑफ़ मी आलसो—हर किसी का जीवन, उतना ही महत्त्वपूर्ण है उसके लिए।'

एकदम बदला हुआ जीवन दर्शन। उद्दाम जिजीविषा के बीच फुर्ती से जितनी हो सके ख़ुशियाँ बटोर लेने की प्रतिद्वंद्विता...कितना अन्तर है...एक ओर चुन-चुन कर सब कुछ बटोर लेने की हवस, दूसरी ओर चुन-चुन कर सब कुछ लुटा देने की प्रतिबद्धता...जब-तब विद्रोह फुफकार उठता...हाँ, क्या ग़लत कहती हैं सेरा...जीवन बहुत ही महत्त्वपूर्ण और छोटा है उसे यों ही बिना उपयोग के कैसे हाथों से छूट जाने दें।

क्या ग़लत करती हैं विधवा मिसेज़ बर्नाड! जब भरसक पूरी सज्जा के साथ एक पति की लालसा 'गैदरिंग्ज़' में अनुकूल व्यक्ति तलाशती रहती है। सुखी जीवन की तलाश कोई पाप तो नहीं।

क्या ग़लत कहती हैं वृद्धा अंडरवुड कि अपने जीवन को भी वे उतना ही महत्त्वपूर्ण समझती हैं जितना अपने बेटों के। बेटे निश्चित की गई राशि देने में आनाकानी करेंगे, तो उन्हें अपने सॉलीसिटर की शरण में जाना ही होगा। क्या ग़लत कहती हैं अविवाहित, स्वच्छंद, उन्मुक्त जीवन बितातीं मार्टिन, अपने ढंग से न जी पाना शायद जीवन के प्रति सबसे बड़ा अन्याय है।

नैतिक-अनैतिक, उचित-अनुचित और थोथी सामाजिक प्रतिष्ठा की उधड़ी पैबन्द लगी ज़िन्दगियों से दूर, बेलाग, बोल्ड ज़िन्दगियाँ...

मम्मी के पत्र आते। ढेर सारी ममता भरी हिदायतों के बीच, 'रत्ना का फ़ार्म आ गया', 'रत्ना की तैयारी हो रही है', 'रत्ना गई'—पढ़ते हुए लगा जैसे सन्नाटे की एक शमशीर मुझे चीर गई हो। लेकिन मम्मी के पत्र में न कोई उफान, न कोई बहाव। मृदु, संयत उनकी ही तरह। थोड़ी और भी तटस्थ-सी सूचना के साथ उनका अभी-अभी पहुँचा पत्र—'मैंने और तुम्हारे पापा ने अनाथालय का एक लड़का पसन्द कर लिया है, सब कुछ निश्चित हो गया है।

'गोद की रस्म कुछ हफ़्ते ठहरकर होगी। पापा और मैं दोनों संतुष्ट हैं।

तुम्हारे साथ ही ऋचा को भी पत्र लिख रही हूँ—जायदाद के मामले में शायद चौथा हिस्सा उसे देने का निश्चय पापा करें। आशा है, तुम परिस्थिति और पापा की इच्छा देखकर समझ से काम लोगी। रत्ना के फ़ाइनल में सेवेंटी नाइन परसेंट आए हैं। पी.एम.टी. में बैठना चाहती है, रिजल्ट निकलने पर तुम्हें ही सबसे ज़्यादा याद करके रोई थी।'

नारे फिर बुलन्द होने लगे। ज़िन्दगी के नाम पर फटे-चिथड़े सम्बन्धों वाली दयनीय स्थितियाँ ओढ़ने और हम लोगों को भी ओढ़ाने की अन्यायपूर्ण साज़िश। क्या हक़ है इन्हें—भाई-बहन के नाम पर बोया गया एक निर्जीव सम्बन्ध—चलो, यह अनाथालय से ख़रीदकर भाई लाया गया है—राखी बाँधो, टीका करो—नितान्त हास्यास्पद और कितना असहज! मैं यहीं हूँ, जाना भी नहीं चाहती, पर रत्ना के लिए कितना असहज वातावरण हो जाएगा!

एक भीषण तनाव—नहीं, मेरे, ऋचा और रत्ना के बीच तीसरे किसी की गुंजाइश नहीं, मैं...मैं नहीं जाऊँगी अब घर। आहत अभिमान तड़प उठा। जिन्हें बेटों की इतनी हवस थी, वे ही ऐसा करें...जैसे सारा मस्तिष्क टुकड़े-टुकड़े होकर बिखरता जा रहा हो। मुट्ठियाँ भिंचीं-भिंचीं पसीने से तर हो उठी हैं। मुझे पैसों की चिन्ता नहीं, पर हमारी अपनी स्वच्छंदता, सहजता पर कोई अंकुश नहीं लग सकता। लिख दूँ कि कम से कम मैं उसे भाई का दर्जा नहीं दे सकूँगी। ओह! कैसा हो जाएगा घर? चौबीस घंटे उठना-बैठना, खाना-पीना, हँसना-बोलना। सब कुछ कितना बोझिल!

खिंच-खिंच कर टूटती नसें। दो दिन बस बग़ैर खाए-पिए रूम में ही छटपटाती पड़ी रही। भयंकर नैराश्य से संत्रस्त।

तीसरे दिन दोपहर एकदम बग़ैर नॉक किए दरवाज़ा ठेलती ऋचा सामने खड़ी थी। मुझे दोनों बाँहों में भींचती वह फुसफुसा उठी, "तो...मम्मी ने ठीक ही लिखा था।"

पता चला, मुझसे दो दिन पहले ही ऋचा को पत्र लिखकर मम्मी ने ज़ोर देकर कहा था कि वह पत्र मिलते ही रिंकी को देख आए। ऋचा ने पत्र नहीं दिखाया, पर कहती रही, लिखा था—'अपने कमरे में बग़ैर खाये-पिये पड़ी

हो तो आश्चर्य नहीं, ऋचा। उसे तेरे जैसी समझ नहीं। पत्र मिलते ही उसे देख आना। पापा की मन:स्थिति समझाने की कोशिश करना। मुझे क्षमा कर देने की भी...।'

कैसे समझ गई थीं मम्मी कि मेरा सारा रोष उन्हीं पर था। मेरी समझ से उनका 'स्वीकार' ही सबसे बड़ा शत्रु था मेरा। सोचते ही मैं फिर बिफर उठी, तो ऋचा थोड़ी सख़्त आवाज़ में बोली, "रिंकी, सिर्फ़ शोर मचाना ही सीखा है तूने या निदान ढूँढ़ना भी? तेरी समझ से क्या विकल्प हो सकता था इसका? क्यों हारकर सब कुछ मम्मी पर छोड़ यहाँ भाग आई? क्यों नहीं वहीं डटकर विरोध करती रही?"

"मेरे विरोध कर देने से तो शायद पापा को दूसरा अटैक हो जाता।"

"हूँ! समझदार काफ़ी हो। फिर तीसरा कौन रह जाता है इस विरोध के लिए?"

ऋचा सीधी मृदु दृष्टि से मेरी ओर आँखों में झाँक रही थी। स्नेह से भरपूर...कितना साम्य था उसकी और मम्मी की आँखों में, जैसे वे ऋचा की नहीं, मम्मी की ही आँखें हों। जीवन के प्रति अगाध विश्वास की तरी लिए, लेकिन एक अथाह विवशता में तैरती हुई।

मैं बहस के नाम पर भी कुछ न बोल सकी।

"अच्छा, रिंकी!" ऋचा ने प्रसंग बदला, "तुझे माथुर अंकल की याद है? रत्नेश माथुर, जो काफ़ी साल पहले हमारे घर ठहरे थे। गोरे-गोरे छरहरे से। हम दोनों काफ़ी छोटे थे..."

"कौन माथुर अंकल? हाँ-हाँ, ख़ूब याद है। तुझे मिले थे क्या कहीं?"

"हाँ, यहाँ अपने बिज़नेस के सिलसिले में आए हैं। एक दिन यूँ ही एक डिपार्टमेंटल स्टोर में मिल गए। वे मुझे क्या पहचानते, मैंने ही पहचाना तो झिझकते हुए पूछा, फिर अपना नाम बताया तो बहुत ख़ुश हुए।"

"सच? अब तो काफ़ी एजेड लगने लगे होंगे?"

"न तो। तुझे बहुत पूछ रहे थे। तेरी एक-एक हरकत और हाज़िरजवाबी उन्हें याद है..."

"हाय, मैं भी होती तो कितना मज़ा आता! अच्छा ऋचा, लगता है एक्सपोर्ट काफ़ी बढ़ा लिया है, तभी तो फ़ॉरेन टूर पर निकलते हैं।"

"बिज़नेस तो है ही...पर रिंकी, उनके साथ एक बड़ी ट्रैजेडी हो गई है," ऋचा के स्वर में करुणा थी, "वाइफ़ से डाइवोर्स हो गया है उनका सात साल पहले..."

"अच्छा! कैसे? यहीं कहीं बिज़नेस टूर में कोई ब्लॉन्डी फाँस ली होगी..." मेरे स्वर का व्यंग्य ऋचा को अखरा था।

"पूरी बात सुने बिना कैसे फट से कमेंट दे देती है, रिंकी। बात बिलकुल उलटी है। डाइवोर्स उनकी वाइफ़ की तरफ़ से हुआ है।"

"वाह, इनकी भी तो कोई मर्ज़ी रही होगी!"

"उनकी मर्ज़ी बस इतनी ही थी कि किसी की ख़ुशी में बाधक न बनें, बस।"

"सब हिपोक्रेसी है...महानता का ढोंग ...चाहते तो अपनत्व भरे अधिकार के साथ उसे पा सकते थे आख़िर पति थे।"

"मेरी समझ से तो यह अपनत्व का दावा ही सबसे बड़ी हिपोक्रेसी है।"

"क्या मतलब?"

"मतलब ख़ुद अंकल के ही शब्दों में—'जानता हूँ, मेरी मर्ज़ी के बग़ैर तलाक़ नहीं हो सकता था। उसे फ़ोर्स करके रोक सकता था, बल्कि वह ख़ुद इस मुद्दे को सामने लाने में झिझकती, क्योंकि उसके पास ज़िन्दगी का दूसरा विकल्प ढूँढ़ने का कोई कारण जो नहीं था, पर उसे रोके रखकर करता क्या, ऋचा? क्या किसी को प्यार करने के लिए भी कंपेल किया जा सकता है? यह सुख तो किसी भी क़ीमत पर ख़रीदा नहीं जा सकता न!' " ऋचा का हर शब्द अंकल के प्रति श्रद्धा और अपनत्व से भरा था। वह अपनी ही रौ में कहती जा रही थी, "जानती है रिंकी, शैली का मन जान लेने पर अंकल ने ख़ुद उन्हें समझा-बुझा कर नए स्वच्छंद जीवन के लिए मुक्त कर दिया।"

"ख़ुद भी तो मुक्त हो गए होंगे, लेकिन कहने के साथ ही मैं ख़ुद लज्जित हो गई अपने वाक्य के सस्तेपन पर।

"यह तू नहीं, तेरी ऐसी आदत और ज़िद्दी स्वभाव बोल रहा है। हर बात को केवल बहस के लिए न मानने वाली आदत!" ऋचा को मेरी बात सचमुच चुभ गई थी।

"सॉरी, ऋचा! यू आर टू सीरियस टु टेक एनीथिंग लाइटली।"

"ऑफ़कोर्स नॉट सच थिंग्स! कितनी बड़ी बात है, रिंकी, सोच तो? मैंने उनसे कहा था, लेकिन यह तो एकतरफ़ा न्याय हुआ, अंकल। आपकी लाइफ़ अब कितनी लोनली...बोले, 'इसका मतलब यह तो नहीं कि बस इसी आधार पर मैं उसकी लाइफ़ भी लोनली कर दूँ? वैयक्तिक अधिकार और स्वातंत्र्य की इतनी लम्बी-चौड़ी बातें हम करते हैं ऋचा, पर जब अपनी बात आती है तो प्रायः झूठी सामाजिक प्रतिष्ठा और स्वार्थ की आड़ में चुपचाप नकार जाते हैं। मुझे सुख भले न मिले, पर सन्तोष तो है कि उसे सुखी कर सका।' "

"लगता है, तुझसे अपनी सब दुख-सुख की बातें कर गए हैं..." मैंने भरसक मन में उठती हल्की-सी ईर्ष्या को दबाए रखा। पर ऋचा का ध्यान अभी भी अंकल पर ही था, "हाँ, रिंकी! लगा ही नहीं कि इतने दिनों बाद मिले हैं। जैसे अपनी ही बड़ी बेटी से बात कर रहे हों, प्रबोध से भी उसी तरह आत्मीयतापूर्वक बात करते रहे।"

"अच्छा! बच्चे भी तो थे उनके न। उनका क्या हुआ...वाइफ़ के साथ हैं या उनके?"

"किसी के भी साथ नहीं। बच्चे माँ से भी ज़्यादा इंडिपेंडेंट निकले। लड़की ने सोलह साल की उम्र में ही क़ानून की आँख में धूल झोंककर सिविल मैरिज कर ली। लड़का शादी न करके फ्री लाइफ़ बिताने के पक्ष में चरस फूँकता वर्ल्ड टूर कर रहा है।"

"ग्रेट! चलो, अच्छा है, उन्हें बच्चों की फ़िक्र नहीं होगी," मेरा मन अब सचमुच अंकल के प्रति सहानुभूति से भरा था, "कैसे लगते हैं वे अब, ऋचा?"

ऋचा सम्मोहित-सी बोलती जा रही थी, "उसी शिवेलरस तरीक़े से बात करना...वैसे ही धीमे-धीमे मुस्कराना...वही अपनत्व भरी स्नेहिल दृष्टि

दुराव-छिपाव से दूर ईमानदार...प्रबोध भी ख़ूब इंप्रेस हुए उनसे...कहा है, इंडिया पहुँचने पर अवश्य घर जाएँगे। रत्ना को भी देखने की बहुत इच्छा है उनकी। मेरी एक पेंटिंग ले गए हैं। सारा समय टुन्नू को उछाल-उछाल कर प्यार करते रहे। ऊपर से कितने उन्मुक्त और ख़ुश, पर कोई मन तक पैठने वाला हो तो जाने न।"

"तेरे जैसा..." मैं खिलखिलाकर हँस पड़ी। वही मेरी ऐंटी हँसी।

ऋचा अवाक् मेरा मुँह देखती रही, जैसे बहुत दूर से लौटी हो। फिर धीमे से बोली, "रिंकी, तू हमेशा ऐसी ही रहेगी?"

यह वही एयरपोर्ट था। कुल दस महीने पहले यहीं खड़े होकर पापा, मम्मी और रत्ना ने मुझे हाथ हिला-हिला कर विदा दी थी। ऊपर उठते हुए प्लेन की खिड़की से एकदम छोटे होते हुए रत्ना के हाथ, बार-बार समेटने पर भी तेज़ हवा में लहराता मम्मी का आँचल, पापा का चश्मा... मम्मी ने कौन सी साड़ी पहनी थी, मुझे याद है—बँधनी प्रिंट पर हरे रेशमी बॉर्डर और आँचल वाली जयपुरी चुँदरी। हाथों में लाल-हरी सादी चूड़ियाँ, गोल ईंगुरी बिंदी। आते समय मेरा माथा चूमते-चूमते जाने क्या हुआ कि सिर्फ़ तीन मोतियों वाली नन्ही सी रिंग उतारकर मेरी उँगली में डाल दी।

वही एयरपोर्ट था। सब कुछ शायद वैसा ही, सिवा हमारे एहसासों के। वैसी ही तेज़ हवा थी, पर उससे कितना मनहूस सन्नाटा सायं-सायं कर रहा था। प्रबोध जीजा जी बेहाल-सी ऋचा को डाँटते-समझाते चल रहे थे। टुन्नू मेरे पास था।

एयरपोर्ट के बाहर गाड़ी खड़ी थी। चरन सिंह सामने आकर अदब से झुकाया सिर न उठा सका था। ऋचा के ज़ोर से हिचकते ही प्रबोध जीजा जी ने फिर डाँटा, "डोंट बी सिली, ऋचा! तुम लोग मम्मी को क्या सँभालोगी? तुमसे ब्रेव तो रिंकी ही निकली।"

उन क्षणों के लिए तो मैं सचमुच ही ब्रेव सिद्ध हुई थी। पता नहीं क्या हो गया था। ट्रंक कॉल पहुँचने के बाद से मैं अब तक बोली ही नहीं थी। मशीनवत् जो कुछ करना होता था, कर देती थी। कई-कई बार सूखे-पपड़ाये होंठों पर जीभ फेरकर बोलने की कोशिश की, पर आवाज़ जैसे बहुत अन्दर किसी गुफा में घुटकर विलीन हो जाती।

मम्मी को देखकर मैं बस दहशत से दो क़दम पीछे ही हट गई थी। कितनी भयावह, कितनी मासूम लग रही थीं मम्मी! सफ़ेद संगमरमरी चेहरा पूरी तरह भावहीन, शून्य-सा। चारों ओर बिखरे-उलझे बाल—सपाट माथा गोल शुभ्र, लेकिन एकदम नंगी कलाइयाँ। ऋचा ज़ोर से चीख़कर उनसे लिपट गई थी। मैंने कोशिश की, पर बेकार। दूर बस दीवार से टिकी बटर-बटर चारों ओर ताकती रही। रत्ना मुझसे हिलक-हिलक कर रोती रही। मैं चुपचाप दीवार से सिर टिकाए बैठी रही।

अन्दर ही अन्दर कहीं दफ़न हो रही थी मैं। चारों ओर सब कुछ देखकर भी निश्चेष्ट, जड़, ठूँठ-सी। एकाध बार रोने या सिसकने की भी कोशिश की, पर सब बेकार। चारों ओर घिरे दारुण हाहाकार के बीच मेरी ख़ामोशी एक राहत ही थी।

सबसे पहले शायद प्रबोध जीजा जी का ही ध्यान गया, "रिंकी, सुनो।" जवाब देने के बदले मैं उन्हें टुकुर-टुकुर ताकती रही। उन्होंने अपनी बात दुहराई-तिहराई। तब ख़ासे परेशान से जल्दी से उठकर ऋचा के पास चले गए। ऋचा की बेहाली एकदम रुक गई, तुरन्त प्रबोध जीजा जी और ऋचा मुझे गाड़ी में डाल जहाँ पहुँचे थे, उसके बाहर काले नेमप्लेट में सुनहरे अक्षरों में लिखा था—डॉ. कनु वर्मा, मनोचिकित्सक।

मैं उसे होश आना ही कहूँगी। मस्तिष्क की झनझनाती शून्यता में धीमे-धीमे धुँधली-सी आकृतियाँ और एहसास उभरने लगे। फिर जैसे किसी दंश से छटपटाती मैं चीख़ मारकर रोने लगी। ऋचा और प्रबोध जीजा जी के चेहरे तनावमुक्त होकर मेरे पास झुक आए। ऋचा ख़ुश होती बोली, "रिंकी, देखो तो कौन आया है? माथुर अंकल! याद आया?"

मैंने चुपचाप सहारे के लिए पास खड़ी मम्मी का हाथ पकड़ रखा था। अब याद आ रहा था कि शायद कुछ क्षण पहले मम्मी की आकृति स्पष्ट होते ही मैं चीख़ उठी थी। मम्मी यथासम्भव शान्त-संयत मेरा माथा सहलाती खड़ी थीं, सारी दहशतों से मुझे दूर ले जाती हुई।

भीड़ और कोहराम का रेला गुज़र चुका था। अब चारों ओर चमगादड़ों से लटकते सन्नाटे। हर कमरा, हर चीज़ कहीं ज़्यादा फैली और ख़ाली-ख़ाली नज़र आती थी। पापा की रोज़मर्रा की इस्तेमाल की चीज़ें हर कमरे से चुन-चुन कर हटाई जा रही थीं। चश्मा, दवात, पेन-होल्डर, एकाउंट्स बुक, तमाम रजिस्टर, तमाम हिसाब-किताबी चीज़ें। प्रबोध जीजा जी और माथुर अंकल प्राय: अलमारियों-ड्राअरों में बन्द इन काग़ज़ातों की दिन-दिन भर छानबीन किया करते।

कैसे और कौन सँभालेगा अब यह सब? इसी पर मशविरा होता रहता और अन्त में विकल्प कुछ भी न रह जाता, सिवा इसके कि सब बेचकर ख़त्म किया जाए। कैश पैसे फ़िक्स्ड डिपॉजिट में डाल दिए जाएँ और कुछ किसी धंधे में लगा दिए जाएँ ताकि बिना देखरेख के एक निश्चित रक़म आती रहे। ज़रूरत से कुछ ज़्यादा ही इन साधनों तथा अपनी पुरानी जायदादों और फ़ार्म की आमदनी से मिल जाया करेगा।

अनाथालय का वह लड़का कई बार छिपाकर मम्मी को चिट्ठियाँ डाल चुका था। आशय होता, मुझे इस नरक से निकाल लीजिए। मैं आपका एहसान कभी नहीं भूलूँगा, जी-जान से आपकी सेवा करूँगा।

उसके दयनीय अनुनय भरे पत्र पढ़कर मम्मी को फिट सा आ जाता। अजीब सी विरक्त, बुज़ुर्गियत भरी आवाज़ में उसे गोद लेने के लिए दलीलें पेश करने लगतीं। जाने क्यों विरस ठूँठ-सी आवाज़ में, घिसी-पिटी भविष्य की समस्याओं का आकलन, और उसके समाधान रूप में यह गोद ली जाने वाली

बात मम्मी दुहरातीं, तो मैं ग़ुस्से से बेक़ाबू होने लगती। इधर मम्मी और मुझमें एक स्पष्ट परिवर्तन आ रहा था। बच्चों सी सहज और प्रवाहमयी मम्मी जैसे जमकर बर्फ़ हो गई थीं—सर्द किन्तु सख़्त। दूसरी ओर मैं और भी अधैर्यशील तथा मुखर। ऐसे में मम्मी का सख़्त हठ और मेरा अधैर्य ख़ासी मुसीबत बन जाता। ऋचा मुझे डाँटती और प्रबोध जीजा जी 'जैसी आपकी इच्छा, मम्मी' कहकर पूरी आज्ञाकारिता से प्रसंग ही समाप्त कर देते।

माथुर अंकल से हम लोगों ने ज़िद करके प्रॉमिस करवा ली थी। अपने काम के सिलसिले में टूर से लौटने पर हमीं लोगों के पास ठहरते। वैसे भी उनका घर अब था कहाँ? और हमारा घर भी तो कुछ अजीब डाँवाडोल मन:स्थितियों के फलस्वरूप उखड़ता चला जा रहा था। घर में रहते हुए भी घर से भाग जाने की इच्छा मात्र से सुकून मिलता। ऐसे में अंकल की उपस्थिति एक सुखद आह्लाद से भर देती। शान्त रहते हुए भी वे हमें खिजाने-बहलाने की बाल सुलभ कोशिशें किया करते।

उस दिन भी मम्मी अपनी वही इच्छा (?) व्यक्त कर बर्फ़-सी सर्द बैठी रहीं और मैं बिफरती बोलती रही कि अंकल आ गए। उन्हें देखते ही ज़ुबान की तेज़ी तो नहीं, लेकिन मस्तिष्क का बोझ एकदम हल्का हो गया।

"मेरे दिमाग़ की क्या ख़ाक दवा की गई, अंकल? दवा तो मम्मी के दिमाग़ की होनी चाहिए। ज़रा सी एक सीधी सी बात इनके दिमाग़ में नहीं बिठा सकते आप लोग।"

अंकल जैसे बिना सुने ऋचा से बोले, "ऋचा, एक कप चाय, बेटे!"

"चाय एक नहीं, सौ कप," मैं उठी कि उन्होंने टोका, "तू अपना भाषण यहीं जारी रख, किचन में जाएगी, तो बलवे के आदेश पर पूरे शहर में क़र्फ़्यू लग जाएगा।"

"हुँ हुँ," मैं भुनभुनाई, मम्मी मुस्करा दीं। अंकल आश्वस्त से लगे। फिर बोले, "अच्छा रिंकी, एक कप चाय बनाने के लिए तू कितने कप चाय की पत्ती डालती है, कितने प्याले तोड़ती है, कितनी चीनी गिराती है और उबलते पानी के कितने छींटे अपने ऊपर डाल..."

"...सब वहीं का वहीं छोड़ बरनॉल तलाशने जाती है," प्रबोध जीजा जी ने जोड़ा, तो सब ठहाका मारकर हँस पड़े।

"इस घर में सब इंप्रेशनिस्ट हैं, ऋचा अच्छी है तो उसकी चाय भी अच्छी।"

"तू ग़लत समझ रही है। दरअसल, एक कप चाय के लिए तुझे यहाँ से उठाना तेरी बेइज़्ज़ती ही तो है। तू अकेली तो जाएगी नहीं किचन में, तेरे साथ फ़ौरन रामकली, केशो और महाराज की फ़्लीट अबाउट टर्न होकर क्विक मार्च करने लगेगी और रत्ना भी तो, जीजी किचन में तो वह कैसे बैठी रह सकती है। क्यों प्रबोध?"

"क्या कहने अंकल! बिलकुल रॉयल तौर-तरीक़े वाली साली है मेरी।"

रत्ना खिक्-खिक् कर धीमे से हँस पड़ी, "देखा, मम्मी भी बड़ी मुश्किल से खिलखिलाहट रोक मुस्करा रही हैं।"

"अच्छा, भाभी!" अंकल मम्मी की ओर मुड़े, "यह पक्षपात क्यों किया आपने? एक साथ दो लड़कियाँ पालीं, फिर एक के हाथ में ब्रश, दूसरी के हाथ में नवरात्र की दुर्गा वाली कटारी-छुरी वाली सज्जा।"

बस यूँ ही मनहूस घड़ियों की सुइयाँ अंकल अक्सर इधर-उधर घुमाने और खिसकाने में लगे रहते। नाश्ते और खाने के समय टेबुल पर, अवकाश के समय बरामदे में, सब इकट्ठे इधर-उधर की वार्ता में सहज हो उठते। वातावरण शान्त, लेकिन अपनत्व भरा होता। टुन्नू से लेकर जीजा जी तक हममें से हरेक में अंकल उभयनिष्ठ रहते। सब जैसे हर क्षण उनके प्रति कृतज्ञ...और सबसे बड़ी राहत...मम्मी उनके सामने शान्त तो रहतीं, तटस्थ भी, पर बोल्ड और ठूँठ नहीं...कारण चाहे औपचारिकता मात्र रहा हो, पर हमें अन्दर से सहज कर देता।

लेकिन इस सबके बावजूद एक बेडौल कुरूप प्रश्नचिह्न हम सबकी आँखों में अपने अलग-अलग सन्दर्भों के साथ टँगा रहता। हम सब एक-दूसरे के सन्दर्भ पहचानते थे, लेकिन कतराते थे, नकारते थे। प्रबोध जीजा जी, ऋचा, मैं सभी जब-तब यही तो सोचते कि कब तक? आख़िर कब तक चलेगा ऐसे?

अजीब ऊबड़-खाबड़ सा असन्तुलित समय बीत रहा था। अनिश्चित, निराधार। वर्तमान डाँवाडोल, भविष्य अन्धकूप।

व्यावहारिक धरातल पर मम्मी के सामने एक तपता हुआ रेगिस्तान ही तो था। अपने भरसक वे स्वयं अब भी अपनी समस्या या कठिनाइयाँ उठाती ही नहीं। उनके शब्दों में—मेरी ओर से क़रीब-क़रीब निश्चिन्त थीं। ऋचा ने उन्हें बता दिया था कि ब्रिस्टल में ही शान्तनु प्रकट तौर पर भी मेरे लिए उससे अनुरोध कर चुके हैं। वे यह भी अच्छी तरह समझ चुकी थीं कि ऊपरी तौर पर हँसी-मज़ाक़ या कभी मम्मी के प्रति ज़िम्मेदार अनुभव करने पर भी अन्दर से मैं स्वयं शान्तनु पर मंत्रबिद्ध-सी आसक्त ही हूँ। शान्तनु को फ़र्म के कॉन्ट्रैक्ट पर पाँच साल रहना ही है, जो मेरे लिए ऋचा से भी कुछ ही दूर रहने के कारण सुखद ही रहेगा। और बाद के लिए भी विदेश या स्वदेश कहीं की भी कल्पना मेरे लिए शान्तनु के चुंबकीय आकर्षण से बँधी मधुर ही थी। रह गई रत्ना। अधिक से अधिक चार-पाँच साल में उसकी भी शादी। और अन्त में मम्मी के शब्दों में, सारे दायित्वों से मुक्त हो वे उसी गोद लिये लड़के के साथ तीर्थयात्रा करेंगी।

"इससे ज़्यादा अनप्रैक्टिकल और इरिटेटिंग बात आप नहीं कह सकती थीं न, मम्मी!" मैंने चिढ़कर कहा था। पर मम्मी इस बार सर्द हो सख़्त नहीं पड़ीं। मेरे कंधे पर हाथ रखकर एक अपनत्व भरी हँसी हँस दीं। फिर समझाते हुए बोलीं, "इससे ज़्यादा प्रैक्टिकल और दूसरी बात नहीं हो सकती, जिसमें सबके सुख सुरक्षित रह सकें।"

मैंने अन्दर-अन्दर महसूस किया कि सचमुच मेरा सिर झुक गया है। सच ही तो कहा मम्मी ने। दूसरा कौन सा विकल्प ढूँढ़ सकेंगे हम? क्या मैं इस संत्रस्त स्थिति में दो-तीन साल मम्मी के साथ रहने के लिए शान्तनु को प्रतीक्षारत रख सकूँगी? स्वयं मेरा मन ही कहाँ सब्र कर पाएगा? क्या ऋचा प्रबोध को छोड़कर टुन्नू के साथ यहाँ रहेगी—दो-एक साल ही? और क्या रत्ना की शादी के लिए भी वही नामंजूर होने वाली शर्त दुहराई जाए? रत्ना यहाँ है, हॉस्टल में ही सही, तो भी मम्मी फ़ॉरेन नहीं जाएँगी। और बाद में भी कुछ

सालों-महीनों के लिए नहीं, हमेशा ही इनमें से किसी के पास रहना—सैकड़ों क़िस्से-कहानियों के उबास भरे चित्र। तब फिर क्या था, मम्मी का भविष्य और भविष्य के नाम पर कुल पैंतीस की उम्र में एक ख़रीदे हुए सहारे की उँगली थामे तीर्थों में दर-दर भटकती मम्मी का करुण चित्र आँखों में टँग जाता। एक-एक रोयाँ सिहरकर काँप जाता। अभी तक वैसे ही घने फहराते केश गुच्छ, सीप-सा उजला माथा और दर्पण-सा झलकता तन...एक बेआवाज़ चीख़ उठती, लेकिन दूसरी ओर मम्मी और ऋचा के पास आए शान्तनु के सहानुभूति भरे पत्र भी मुझे, मेरी उमंगों को कुलबुला जाते।

रत्ना की अटेंडेंस शॉर्ट हो रही थीं। पूछने पर धीमे से मुस्करा भर देती, पर 'लॉस' की बात उठाने पर कहती ही—जाना चाहिए। वैसे भी ऊब तो रही ही थी अब। पढ़ाई, प्रैक्टिकल, ट्यूटोरियल, पिकनिक, डिबेट्स, पार्टीज़...और कहाँ सारे के सारे दिन भर इधर से उधर घूमते रहना...अनिश्चित, असहज माहौल में। फिर भी बेचारी यथासम्भव मम्मी, अंकल, दीदियों की सेवा में जुटी रहती। टुन्नू से जी बहलाती। कितनी विश्वस्त और मॉडेस्ट हो गई थी रत्ना! न ऋचा-सी बिलकुल गुड़ी-मुड़ी, न मुझ-सी क्रेज़ी। वह बचपन की हीन भावना, चुप्पी और शर्मीलापन एक लुभावनी आभिजात्य मुस्कराहट में बदल गया था। मॉडेस्ट पहले जितनी हो, पर कहीं अधिक पॉलिश्ड, चारों ओर से तराशी—परफ़ेक्ट।

प्रबोध जीजा जी चले गए थे। ऋचा कुछ दिन तो सबको समेटती-बहलाती रही, फिर चारों ओर व्याप्त ख़ालीपन और सबसे बढ़कर पति की कमी उसे डसने लगी। इसीलिए माथुर अंकल के जाते समय हम दोनों साथ ही सिसक पड़े, "अंकल प्लीज़, कुछ दिन और नहीं ठहर सकते?"

एकाएक लगा, अंकल नाटक की एक भूमिका निभाने स्टेज के बीचोबीच खड़े कर दिए गए हों। थकी-हारी सी अपलक दृष्टि बारी-बारी से हम दोनों पर टिकाकर अंकल देखते रहे। चेहरे पर फैलती भावहीनता समेट, कहीं दूर देखते से, वे पूछने से अन्दाज़ में बोले, "कितने दिन...?"

जैसे उन्होंने किसी अँधेरी गुफा की ओर संकेत कर दिया हो। फिर सहज

होने की कोशिश में समझाते से किसी तरह बोले, "तुम लोग तो बड़ी समझदार हो न। इस तरह कब तक रहना ठीक होगा, बोलो?" मालूम था, अंकल जो कुछ कह पाए थे, उससे बहुत अधिक था उनके पास कहने के लिए। बहुत कुछ था बाँटने के लिए। पर अपने ही एहसासों को बाँटने का अधिकार हमें ख़ुद से ही तो छीन लेना पड़ता है, अंकल भी शायद इसी सीमा में आबद्ध थे।

हमारी आँखें झुक गई थीं। सचमुच सारे सहयोग और सद्भावनाओं के बावजूद उनकी उपस्थिति कहीं न कहीं विडम्बनापूर्ण ही थी। घर में नौकर-चाकर तक उनकी इज़्ज़त करते, पर स्वयं अपनी-अपनी संस्कार भावना में ही हम सब और वे अलग-अलग गिल्टी महसूस करते। दूसरों की तो बात ही क्या, ख़ुद मम्मी जाने कैसी हो रही थीं आजकल। प्राय: ब्रेकफ़ास्ट का समय रोज़ किसी न किसी बहाने पूजा में ही निकाल देतीं। अंकल का सामना भी प्राय: टालती रहतीं। लहजा भी फिर से तटस्थ और ठंडा सा, जैसे अपने सन्दर्भों से जानबूझकर कटना चाहती हों। अपना प्रसंग ही उन्हें अरुचिकर होता। हाँ, हम सब अपनी पढ़ाई, सहेलियों या इधर-उधर की बातें करते, तो सहज हो जातीं। बस, अपनी सीमा ही उन्होंने सबके लिए निषिद्ध कर रखी थी।

इसका कारण मुझे कुछ-कुछ समझ में आने लगा था। बातों के दौरान मैं मौक़ा निकाल पश्चिम के स्वच्छंद, सहज जीवन की जानबूझकर भूरि-भूरि प्रशंसा करने लगती। साथ ही कमेंट के तौर पर उस जीवन को छद्म रहित और ईमानदार कहना न भूलती। आक्रोश के आवेग में सोचे अपने ही वाक्य को किसी न किसी विदेशी पात्र का वाक्य बनाकर मम्मी के कानों तक पहुँचाती कि शायद ज़्यादा असरदार हो। आदर्शों के इस दमघोंटू खोल को ओढ़कर हमें मिलता क्या है? एक सपाट मनहूस कटी हुई ज़िन्दगी, बस! सुख और संतोष का नाम लेकर हम ख़ुद को छलते भर ही हैं। और यह सब होता है बस, एक झूठे अहं की तृप्ति के लिए, और कुछ नहीं।

देश-विदेश के हज़ारों समाचार और दलीलें लेकर हम उछालते, पर मम्मी ख़ामोश बैठे-बैठे थककर लेट जातीं। और अन्त में मुझे लगने लगा कि बड़ी ही

सही, पर बेटियों द्वारा सोची जाने वाली योजना उन्हें शायद अन्दर से और भी दयनीय करती जा रही है। उनका अपना 'स्व' जैसे गलता-घुलता जा रहा है।

तब मैं सहमकर चुप हो जाती थी। पर अन्दर ही अन्दर आक्रोश फिर उभरता था। स्वयं मैंने, ऋचा ने एक साथ सोचा था, वह मुझसे सहमत थी। हम कितनी ही बार मम्मी के एक सुखी, सुरक्षित भविष्य की कल्पना में डूब चुके थे, जिसमें मेरे, ऋचा, रत्ना और मम्मी के बीच अंकल एक स्थायी अपनत्व भरा संरक्षकत्व ले चुके होते। मम्मी कितनी निश्चिन्त होंगी, अंकल कितने सुखी और हम भी तो कितने ख़ुश होंगे! एक छिन्न-भिन्न होता घर जुड़कर सँवर जाएगा। फिर रोज़-रोज़ टेबुल पर मम्मी बन्दिनी-सी नहीं, मुक्त भाव से मुस्करा सकेंगी। अंकल नि:शंक, निर्बन्ध हमारे सम्बन्धों की क्यारियाँ सींच सकेंगे। और सबसे बढ़कर युगों से दमित मम्मी का व्यक्तित्व लहलहा उठेगा। कैसा होगा मम्मी का वह पुनर्जन्म? क्या हमारी मम्मी भी दूसरी मम्मियों की तरह तुनकेंगी, चिढ़ेंगी, खीजेंगी, रोष से भर मुँह फुलाएँगी? रत्ना उनके रूठने पर भी तालियाँ बजाकर हँसेगी। ओह, वह मुक्ति कितनी स्वर्गीय होगी! मात्र मम्मी की नहीं, हम सबकी। अंकल रत्ना, टुन्नू, प्रबोध जीजा जी तक से बँध चुके हैं। इनमें शान्तनु और जुड़ जाएँगे, फिर मैं और शान्तनु आया करेंगे। कितना मधुर होगा वह सब!

नहीं, मैं मम्मी से लड़ूँगी, खीजूँगी। उनसे मनवा कर रहूँगी। कहूँगी, छद्म छोड़ कर सीधे-सीधे सामने आओ न, मम्मी। कितनी बड़ी हो तुम उम्र में मुझसे और ऋचा से? क्या हमें इतना भी अधिकार नहीं? माँ और बेटी हम कुछ नहीं जानते। सम्बन्धों की बस एक ही परिभाषा होती है, भरपूर अपनत्व। स्नेह, प्यार, श्रद्धा सब कुछ इसी बिंदु पर एक हो जाते हैं। एक सहेली की तरह उन्हें बाँहों में भरकर कहूँगी—छिपो मत! मैंने और ऋचा ने बहुत बचपन से देखा है, कैसे अपने आप उग आए एक नन्हे से अंकुर को तुम बस सपने में ही सँजोती रहीं। आँखें खुलते ही तुमने अपनी चेतना के पैरों से उसे रौंद डाला। एकदम फूँक मारकर बुझा दिया एक नन्ही सी लौ को। और सच कह दूँ? अंकल की आँखों के मूक आग्रह को हमने भी पढ़ा है। तुम्हारी आत्मवंचना

ने उस आग्रह को झुठलाने के लिए उन्हें विवश कर दिया है। यह ओढ़ा हुआ गांभीर्य एक प्रताड़ित साधना नहीं क्या?

एक दिन रत्ना से भी बातों के दौरान मैंने एक कड़ी में यह वाक्य फँसाया था, "रत्नेश अंकल कितने अच्छे हैं न!" उसने सोत्साह हामी भरी थी, फिर इधर-उधर के प्रसंगों पर मँडराते सहज भाव से मैंने पूछा, "अच्छा रत्नी, अगर ऐसा हो कि अंकल हमेशा ही हम सबों के साथ इसी घर में रहें?"

रत्ना ने एक पल समझने की कोशिश की थी और दूसरे ही पल, "श्योर श्योर—मुझे अच्छा लगेगा—वी बिल बी हैप्पी," कह उठी थी।

वी बिल बी हैप्पी, सुना मम्मी तुमने। रत्ना भी कह रही है। यह सुखमय कल्पना बस तुम्हारे लिए नहीं, इसमें हमारा भी स्वार्थ है। तब प्लीज़! बाहर आओ न, मम्मी! अपने लिए नहीं तो हमारे लिए।

शिवा

मेरे संधि-पत्र

यह एक समूचे जीवन का शिलालेख, अभी-अभी इस तेज़ धार में बहाकर किनारे बैठी अकेली सुस्ता रही हूँ। देख रही हूँ सामने बहती इस निर्बाध धारा को। अनंत, असंख्य, पिटारियाँ बह रही हैं इस धारा में। डूबती-उतराती, हिचकोले खाती, हँसती-खिलखिलाती। एक निसर्ग संगीत इस किनारे से उस किनारे तक गूँज रहा है। अनंत मानव स्वरों का, जो हज़ार-हज़ार आकांक्षाओं, जिजीविषाओं वाले मन लिए इस धार में तैर रहे हैं और एक-एक मन आकाश-सा विस्तृत।

मन और आकाश–जिसमें सुबह की कुनमुनी किरणें हैं, काँपती लताएँ हैं, चहचहाते पंछी हैं। दोपहर की उद्दाम गरमाहट है, सुरूर और नशा है। और फिर एक रागमयी संध्या है। तमाम आकाशों पर चाँद-तारे, बादल-बिजली, आकाशगंगा में तैरते इन्द्रधनुष क्या नहीं है!

मैं हाथ बढ़ाकर देखती हूँ—ना, मेरे पास ऐसे आकाश का कोई टुकड़ा नहीं। शुरू से अन्त तक बस एक ठोस बंजर भूमि पर खड़ी रही। आकाश की ओर ललकती, तो औंधी गिर न पड़ती!

और यह निसर्ग धारा! इसकी बस एक चीज़ मेरी अपनी थी, गहराई। मैं इस धारा में अपनी फूलों से भरी पिटारियाँ लिए तैरी कभी नहीं। बस, डूब-डूब कर इसे और अपने को थहाती रही। सुनती हूँ, धारा के गहरे तल में सच्चे मोती मिलते हैं। पर मैंने तो खोया है मन का मोती। कब, कैसे, अनजाने में मेरी अबोध हथेलियों से यह मोती छूटकर धारा की तलहटी में जा गिरा, कुछ पता नहीं।

पता चलता भी कैसे? भाग्य का पिटारा खुला ही कुछ ऐसे चमत्कार के साथ कि आतिशबाज़ी की तरह झिरझिराती सुख-सम्पदा मेरा छप्पर फाड़कर बरसने लगी। जब तक मैं सुध-बुध खोती सी आँखें फाड़े देखने-समझने की कोशिश करती, चारों ओर से घेरे उत्सुक दुनियादार निगाहें मुझे दुलार भरी सीखों, हिदायतों और सुझावों से बाँधने लगी थीं। धन, स्वामित्व, पत्नीत्व और सबसे बढ़कर ससुराल की देहरी पर ही मिलने वाले मातृत्व के पक्ष में। जैसे लोगों को सचमुच विश्वास नहीं हो पा रहा था कि मेरी दुर्बल काया इतने बड़े सुख-सौभाग्य का दायित्व झेल सकेगी।

डोली में बैठने तक ये अपनत्व भरी सीखें इस तरह मुझे पिलाई जा चुकी थीं कि मुझे लगने लगा मैं बरसों से माँ हूँ, पत्नी हूँ, एक भव्य शीशमहल की स्वामिनी हूँ। और...? और कुछ नहीं हूँ।

तब से अब तक भाग्य के इन अलग-अलग रत्नों की दुकान लगाए ही बैठी रही। सब अपने-अपने बाट लेकर आए और जो जिसने चाहा तौलती-बाँटती चली गई। और अब आख़िर दुकान बन्द करने का समय आ ही गया। दुकान बन्द करने का एहसास—जब लगे कि अब अपने पास बेचने, तौलने, बाँटने, सौंपने को कुछ है ही नहीं।

'कुछ नहीं' के वीराने में एक वाक्य धीमे से मेरी थकी-मुँदी पलकें सहला जाता है, 'साथ तो बहुत कुछ रख दिया है।'

हँसी आती है, जब यह वाक्य शुरू-शुरू में कहा गया था, तब भी स्वयं से ही पूछा था, 'इतना क्या है मेरे पास तुम्हारे साथ रख देने को, कभी अपने पास कुछ रखने की आदत नहीं, ख़ाली-ख़ाली रहना अच्छा लगता है।'

शायद तुमने समझ लिया था कि मैं ख़ाली हूँ। या शायद उस शाम जाते-जाते सूरज को मेरी बेचारगी पर दया आ गई थी और उसने पश्चिम की खिड़की से मुट्ठी पर जादू भरी किरणें मुझ पर बिखेर दी थीं। किरणें सूरज की थीं...कौतुक तुम्हारा था।

पहले कहा न, मेरे पास कोई आकाश नहीं था, लेकिन उस शाम पीली सिन्दूरी किरणों से बुना हुआ पतंग-सा नाज़ुक, एक आकाश का टुकड़ा मेरे

हाथों में अनायास आ गया था। दुकान छोड़कर मैं कुछ क्षण को बहकी थी और लपककर वह पतंगी आकाश समेट लिया था।

न, मैं किसी दंड-संहिता से नहीं डरती। किसी न्यायालय में जाने से नहीं हिचकती। पूरी अन्तश्चेतना से स्वीकारती हूँ कि आकाश का वह पतंगी टुकड़ा अभी तक मेरे पास सुरक्षित है। जब-जहाँ ज़रूरत पड़ेगी प्रमाण के तौर पर पेश कर दूँगी अपने अपराध का प्रमाण—अपराध। ओह! जीवन भर की पुण्य-परम्पराओं को ठुकराती एक अपराधिनी उपलब्धि...छह महीने के बाद। कुल आठ घंटे की वयवाली कुलबुलाती शिशु कन्या...

"इसका नाम क्या रखेंगे मम्मी? हमारे और ऋचा के जोड़े का होना चाहिए न पापा?"

"हाँऽऽऽ!" वे अख़बार पलटते बोले थे।

दोनों ने सोत्साह उँगलियों पर गिनना शुरू किया, "ऋचा, रिंकी, रीता, रंजना, रचना, रत्ना..."

यह शब्द नहीं, हठात् जैसे किसी ने एक ताज़ा महकता गुलाब तोड़कर मेरे गालों पर फेंका हो।

"तुम्हें रत्ना अच्छा लगा न, मम्मी?"

"जो रिंकी बेटी को अच्छा लगे वही मम्मी को पसन्द है।"

अख़बार की सुर्ख़ियों पर टिका चश्मा मेरी ओर पलटा था। मैंने उस समय नन्ही बच्ची को नहीं, उस पर झुकी दोनों बेटियों को दुलारा था। चश्मा आश्वस्त हो फिर सुर्ख़ियों पर टिक गया था। मुझे तृप्ति मिली थी, उस क्षण की परीक्षा में पास हो जाने की तृप्ति। लेकिन फिर वही व्यग्रता, वही अवसाद। फिर मैं कब किस बाट से तौली जाऊँगी, किस परीक्षा के लिए अनायास खड़ी कर दी जाऊँगी, कुछ भी तो पता नहीं और कब किस परीक्षा में कैसी योग्यता जाँची जाएगी, यह भी नहीं।

पूरे चार वर्ष की लम्बी प्रतीक्षा के बाद भी लड़की। बेटियाँ तो पहले ही दो थीं। यह...यह मेरी पहली बेटी कैसे हो सकती है? यह मेरा पहला मातृत्व कैसे हो सकता है? पिछले आठ घंटे में कितनी बार बाँहें उस नन्ही बच्ची को

पूरी तरह अपने आपमें समो लेने के लिए कसमसाई थीं। लेकिन कुछ सोचते ही ढीली पड़कर शिथिल हो जातीं। कहीं एक नए जन्म के साथ ही मेरे ममत्व की नाप-जोख के लिए नए बाट न मँगा लिये जाएँ। नई पहरेदारी न बिठा दी जाए। तब से आज तक रत्ना को बाँहों में भर कभी ममता से झूमकर उछाला नहीं, चूमा नहीं। बस, एक सीमा रेखा में खड़ी शिथिल बाँहें लटकाए उसे देखती-तड़पती रही हूँ।

नर्स के सूचित करने के बाद लेबर रूम से ही उनकी आवाज़ सुनी थी, "इनाम तो पहली दो बेटियों का ही बाँट चुका हूँ। होना तो कुछ और चाहिए था, सिस्टर।"

"वाह! उनकी (मेरी ओर संकेत करके) तो पहली बेटी है, राय साहब।" नर्स का वाक्य उन्हें चौंका गया था। जैसे सिर से पैर तक वे सतर्क हो गए हों, लेकिन नर्स ने ख़ुद ही सँभालकर जोड़ा, "और शुरुआत हो गई तो बेटा भी होगा ही।" सतर्कता से खींची लगाम ढीली पढ़ गई। जैसे नन्हे बच्चे को 'कल ला दूँगा' कहकर बहला दिया जाए, ऐसे ही नर्स ने इन्हें बहलाया था और ये बच्चे की तरह ही ख़ुश थे। मुझसे मिलने पर साधिकार बोले थे, "अगले साल बेटा होना चाहिए, समझीं।"

मैंने सादर शिरोधार्य कर उनकी आज्ञा स्वीकारी थी। जैसे उनकी आज्ञा नहीं, अपना जघन्य अपराध स्वीकार रही होऊँ। तभी कार के हॉर्न की आवाज़ के साथ ही ऋचा-रिंकी उछलती हुई एक स्वर से 'छोटी बेबी, छोटी बेबी' का शोर मचाती मेरे बेड तक दौड़ आई थीं। रिंकी ने तो आते ही दौड़कर उसे 'किस' कर लिया था। कितनी कृतज्ञ थी मैं, उन क्षणों में, उन दोनों की जिन्होंने अपने अबोध स्वरों में पहले-पहल उस नन्ही बच्ची के जन्म की बधाई दी थी। ख़ुशी से किलकती आवाज़ में मंगल-मोद मनाया था। और सबसे बढ़कर उसे यह नाम दिया था–रत्ना।

उस रात जब-जब रत्ना कुलबुलाई, मैं जगकर आँखें भर-भर उसे देखती रही। फिर बहुत हौले से उसे अपनी छाती में समेट, उसके ख़ूब मुलायम रेशमी बालों में उँगलियाँ फँसा बुदबुदाती रही, "रत्ना...रत्ना रत्नेऽऽऽऽश..."

मन किसी आशंका, किसी भय से काँपा नहीं था। असीम-अनंत शान्ति अपने पंखों में समेटे मैं राजहंसिनी-सी तृप्ति के अथाह सागर में तिर रही थी। उस राजहंसिनी-सी, जिसके पंखों के नीचे सागर था, सागर के नीचे अपरिसीम आकाश...चाँद-तारों से गुँथा हुआ...कभी आकाश के एक टुकड़े मात्र से निरासक्त रहने वाली मैं आज अनंत व्योम की स्वामिनी थी।

सुबह नींद खुली तो कुछ धुँधला-धुँधला सा पलकों में तैर रहा था। पर निश्चिन्त थी कि दिन की तीखी रोशनी में यह धुँधलका अपने आप मिट जाएगा। बस, इसी तरह मातृत्व का पहला दिन मनाया था।

सुबह कारख़ाने जाते समय वे कार रुकवाकर आए और बड़ी ज़िम्मेदारी से बोले, "चरन सिंह को कारख़ाने से लौटा दूँगा। नर्स से ज़रूरी चीज़ों की लिस्ट ले लेना। बच्चों को स्कूल छोड़ने के बाद सब कुछ लेता आएगा। रुपये-पैसे में किफ़ायत मत करना।"

मैं कृतज्ञ हो और भी झुकी थी। सालों के अभ्यास के बाद भी यह या ऐसे दूसरे वाक्य अपनी छत्रच्छाया में मुझे एकदम अपंग, दयनीय बना डालते। इन वाक्यों का बोझ मुझे अपने अतिसामान्य अतीत की धूल भरी ज़मीन पर ला बैठाता। थकान से चूर मैं झाड़-झूड़ कर झट उठ खड़ी होती। हाँ, इस ज़मीन की धूल उड़कर मेरे चमचमाते वर्तमान को गंदा न कर दे। वर्तमान जो प्रत्यक्ष कभी नहीं कहता, पर मेरे एहसासों में हमेशा यह संकेत फड़फड़ाता रहता। तुम ऋणी हो, कृतज्ञ हो—हर क्षण, हर पल, इसलिए इस वाक्य को हमेशा एक वरदान की तरह ही सिर झुकाकर स्वीकार लेती...वरदान जो राजा मीडास को मिले वरदान से थोड़ा ही कम था। अन्तर इतना था कि मीडास जिस वस्तु को भी छूता, सोना हो जाती और मुझे इस सोने को ही छू-छू कर सुख, संतोष, आमोद-प्रमोद प्राप्त करने थे।

यह चमत्कार बस स्थितियों का ही था न! मेरी पूर्वस्थिति ही मेरे लिए एक अस्त्र हो गई थी। स्थिति के इस अस्त्र के सामने मैं एकदम निहत्थी थी।

शुरू में ही सेठानी माँ की अनुभवी दूरदर्शी दृष्टि को समझने लगी थी कि मुझमें इस ऐश्वर्यपूर्ण वर्तमान के प्रति सम्मान जगाना होगा। धन का महत्त्व समझना होगा। सेठानी माँ देखतीं, अक्सर मैं बहुमूल्य वस्तुओं के प्रति प्रकट में तटस्थता बल्कि संकोच बरत जाती। मुझे भारी-भरकम सेटों और क़ीमती साड़ियों के दाम आतंकित तो करते, पर आकर्षित नहीं कर पाते। जहाँ तक होता बाज़ार में, दुकानों पर, चीज़ों की बढ़ी-चढ़ी क़ीमतें सुनकर मैं परेशान सी हो जाती और खुलकर साँस ले पाने का हल्कापन महसूस कर पाने के लिए ही शायद मैं हमेशा कम दामों की साड़ियाँ या हल्के सेट ही पसन्द करती। लौटने पर सेठानी माँ कभी प्रत्यक्ष, कभी अप्रत्यक्ष तौर पर समझातीं, "ख़ानदानी लोगों पर भारी-बहुमूल्य चीज़ें ही शोभा देती हैं। हल्की-फुल्की चीज़ें छोटे लोगों के लिए पहनने-ओढ़ने की होती हैं। हम भी वैसा ही पहनें तो हमारे-उनके बीच फ़र्क़ ही क्या रह जाए? है न? इसमें ख़ानदान की इज़्ज़त का सवाल रहता है।"

न, उन्होंने कभी मुझे डाँटा-फटकारा नहीं, न मेरी निम्न-मध्यवर्गीय अयोग्यताओं के लिए मुझे दोषी ठहराया। वे भलीभाँति समझती थीं कि क़ीमती वस्तुओं की भी परख सान्निध्य से ही आती है। इसीलिए वे धीरे-धीरे उदार एवं चौकन्ने भाव से मुझे तराशने-सुधारने में लग गईं। उनके अनुभवी निर्देशों के बीच मुझे राय हवेली की ख़ानदानी रईसी के अदब-क़ायदों, रहन-सहन और तौर-तरीक़ों की शिक्षा-दीक्षा मिलने लगी। उनकी दृष्टि का संकेत उनके अनजाने ही मुझे हर क्षण सचेत करता रहता कि मुझे जल्दी से जल्दी वंशानुगत अयोग्यताओं से मुक्ति पा लेनी चाहिए। और मैं प्राणपण से चलने-फिरने, पहनने-ओढ़ने में आभिजात्य संस्कृति की विशिष्टताएँ ढालने लगी।

दूसरी बार ससुराल आने लगी तो अम्मा ने झाड़-पोंछ कर एक ओर इकट्ठे किए सर्टिफ़िकेट्स, शील्ड्स, कप्स और प्राइज़ में मिली किताबों के ढेर की ओर इशारा करते हुए कहा, "ले जा अब अपनी यह गृहस्थी...देख-देखकर मन और भी कचोटता है। इस सारे खटारे के साथ जुड़ी एक-एक घड़ी आकर रुलाती है तेरी अम्मा को," उनके आँचल का कोना भीग रहा

था, "कभी एक दिन भी चैन से न बैठी होगी लड़की। डांस, ड्रामा, दौड़कूद और तो और इत्ती सी थी मरी, तब से भाषण जाने क्या देती कि बड़े-बड़े चमचमाते कप, किताबें लिये लौटती। कभी इस उम्र वाली और लड़कियों की तरह न साज-शृंगार, लम्बे-लम्बे बाल ऐसे ही चोटी में गूँथ लिये, आँचल कंधे तक खींच लिया, बस। स्कूल से लौटी तो भी अपनी किताबों की दुनिया। मेरे पास बैठने तक की फ़ुरसत कहाँ! होती तो बस मेरी बीमारी में। तब भी काम छोड़कर न बैठती। सिरहाने बैठे किताब पढ़ते-पढ़ते दवा देती। फिर चूल्हा फूँकती। चल, तेरी तपस्या सफल हुई। ले जा इतने हुलास से इकट्ठी की अपनी ये चीज़ें। सास निहाल हो जाएँगी बहू की विद्या-बुद्धि देखकर। सभी कहते हैं, सेठानी तुझ पर जान छिड़कती हैं। ले जा, वहीं सजेंगे अब तो ये सब," अम्मा सामने रखा बड़ा सा सिल्वर प्लेटेड कप ऐसे सहलाने लगीं जैसे मेरा माथा हो।

मैं अभिभूत-सी अम्मा को देखती-सुनती रही। अवसाद और भी गहराया था। फिर धीरे-धीरे तरल आँखों में एक भरपूर हँसी डुबोकर बोली थी, "वहीं, मतलब अम्मा? एक रसोई में, एक भंडारे में, एक लॉकर में, एक चाबी के गुच्छे में।"

"चुप कर!" मेरी भरी-पूरी हवेली का एक खंड चित्र ही अम्मा को दीप्त, गद्गद कर गया, "बार-बार लॉकर, चाबी के गुच्छे का नाम न ले, लोगों की आँखों में चढ़ जाएगा। जाने मेरे कौन से संचित पुण्य थे जो तुझे इस रूप में देख पा रही हूँ, नहीं तो सपने में भी तुझे भला..." शेष सब उनके गले में ही रुँधा रह गया था, "ड्राइवर को बुलाऊँ? रखवा ले।"

"अरे नहीं अम्मा, रहने दो अभी," मैं जल्दी से कहकर चुप सी हो गई थी। अम्मा बकर-बकर मेरा मुँह देखती रहीं कि कैसे अपने प्राण से भी प्रिय इन निशानियों को मैं छोड़े जा रही हूँ...हाँ, अम्मा की उन हैरान आँखों के लिए मैं कोई समाधान न जुटा पाई। नए घर, पति, बच्चों के प्रति दायित्व, कर्तव्य निभाने में ही उलझी दीखने की कोशिश करती...बातें भी वही कुछ। अकेले ही इतना बड़ा कारख़ाना, ज़मीन-जायदाद सब देखते हैं। आते-आते

थक जाते हैं। हाँ, कभी-कभी हवाई जहाज़ से भी जाना पड़ता है। नहीं, दुख भला क्या होगा...दोनों बच्चियाँ अच्छी हैं...नौकर-चाकर भी मानने वाले...बस! इसके बाद की सीमा में खुलने वाला दरवाज़ा बन्द रहता। उस पर हमेशा एक तख्ती लगी रहती—'अन्दर आना मना है।' कब उस दरवाज़े को खोलकर अन्दर का कितना कुछ चुपचाप झाड़ती-बुहारती रहती, कोई जान न पाता। कभी-कभी लगता, कहीं अम्मा की वत्सल दृष्टि वहाँ उस दरवाज़े की साँकल खटखटा न दे। मैं सचमुच घबरा जाती। कभी-कभी हँसी भी आती कि देखें इस स्वच्छता अभियान के बाद इस कमरे में बच क्या रहता है।

सो जनरल नॉलेज टेस्ट्स, इंटर कॉलेज डिबेट्स, एनुअल डे के ड्रामे और वसंतोत्सव के नृत्य इन सबकी हँसती-खिलखिलाती स्मृतियों से भरा पूरा अतीत एक झटके से जैसे किसी अंध गुफा में ढकेल हमेशा के लिए बन्द कर दिया। उस अतीत को, जिसमें बोर्ड की परीक्षा में पूरे प्रदेश में सबसे ज़्यादा अंक लाने पर नीरा दी ने मुझे अम्मा की सी ही वत्सला बाँहों में भरकर मेरा माथा चूम लिया था और विभोर-सी सारे दिन टीचरों को मेरे नम्बर बताती रही थीं। वार्षिकोत्सव पर 'बेस्ट स्टूडेंट ऑफ़ लास्ट फ़ाइव इयर्स' की शील्ड थमाते हुए विशिष्ट अतिथि के रूप में वी.सी. ने अपनी माला मुझे पहनाकर शाबाशी दी थी।

फ़ाइनल की फ़ेयरवेल पार्टी! प्रीवियस की शुभदा राजे ने मेरा टाइटिल पढ़ा था—'आलोकमयी'। सारा हॉल तालियों की गड़गड़ाहट से देर तक गूँजता रहा था।

और अन्त में, बड़ी दीदी (हेड मिस्ट्रेस) ने मेरी तरल आँखें पोंछकर कंधे से लगाकर आशीर्वाद दिया था, "वी हैप्पी माई चाइल्ड, वी विल बी प्राउड..." अधूरा आशीर्वाद उनकी भर्राई आवाज़ के बीच फँसा रह गया था।

औपचारिकता से परे विश्वास राव जी एक ओर बुलाकर बोले थे, "प्रैक्टिस बराबर करती रहना, संगीत ईश्वर का वरदान है। जब चाहे मेरे घर आकर सीख सकती हो। फ़ीस की फ़िक्र मत करना। नहीं तो कहो घर पर ही किसी शिष्य से कहकर इन्तज़ाम कर दूँ...हाँ, अभ्यास मत छोड़ना...मेरी

आज्ञा है...” कुछ क्षण रुककर सिर पर हाथ फेरा, “सुखी हो!” घोष दा कहते, “आर्ट्स कॉलेज में आज रोमैंटसिज़्म पर सेमिनार है। मेरे गुरु प्रोफ़ेसर नाडकर्णी भी बोलेंगे। बाहर वालों के लिए नहीं है, पर तुममें से कोई जाना चाहे तो...” उनकी दृष्टि मुझ पर टिकती हुई वड्र्सवर्थ के सॉनेट पर लौट आती।

वड्र्सवर्थ की प्रकृति पूजा मुझे अभिभूत करती। शैली की वेदना में मैं एक नशीली कशिश महसूसती और कीट्स की सौन्दर्य भावना मुझे जीवन के प्रति आस्थावान करती। लूसी ग्रे मेरी चिर सहचरी थी। टेस मेरी मानसयात्रा की सहयात्री। लेकिन मेरा दायरा इतना ही संकुचित नहीं था। संसार भर के इतिहास पुरुष, योद्धा, कलाकार और दार्शनिक—कौन छूटा था मेरी जिज्ञासु मनोवृत्ति से! बस, इनके कृतित्व का विश्लेषण करते रहना और व्यक्तित्व की कल्पना में डूबे रहना मेरी हॉबी थी।

लड़कियाँ हँसतीं, ‘उससे बोलो मत, अभी उसका सोक्रेटीज से विवाद चल रहा है’ या ‘अभी वह लिंकन से मानसिक दासता समाप्त करने के लिए सुझाव ले रही है।’

‘बिना मशाल की जोन ऑफ़ आर्क’ और ‘गार्गी इन शलवार’, दोनों मेरी बहुचर्चित उपाधियाँ थीं। बड़े अपनत्व से भरी हँसी-हँसी में दी गईं।

शनिवार को हाफ़-डे के बाद सभी लड़कियाँ नियमित रूप से रॉक्सी या नॉवेल्टी की ओर तथा मैं और प्रीवियस की शुभदा कल्चरल सोसायटी में होने वाली स्पीच सुनने के लिए बढ़ रही होतीं। दूसरे दिन पारुल हँसती, “वाह! कमाल का था कल का हमारा रोमियो और गार्गी, तुम्हारे याज्ञवल्क्य लोग कैसे रहे?”

वही शहर था। वही सड़कें, गलियाँ, चौराहे, लेकिन उनकी दृष्टि में मेरी पहचान खो चुकी थी। सबने मुझे नए अजनबी रूप में स्वीकार कर लिया था। कितना विद्रूप भरा होता है पहचाने रूपों के बीच अजनबी

नाम लिये फिरना। इन्हीं सड़कों, फुटपाथों पर सहेलियों के हाथों में हाथ लिये उन्मुक्त पैदल चलते चले जाना। चनाचूरों की कुरकुराहट, जलजीरे-बताशे, आलूबुख़ारे का चूरन। छीना-झपटी, खीजने, रूठने, चिढ़ने-चिढ़ाने के बीच हँसी की फुहारें। उस गुप्ता पेपर हाउस से पेन की निब बदलवाना, फ़ाइल, काग़ज़ ख़रीदना, चौराहे के बायें कोने वाले इसी सी.सी. जनरल मर्चेंट से ड्रामों में कभी ज़रूरत पड़ने पर पिनें-क्लिपें ले जाना। फिर ज़रा हटकर कोने पर बैठता बूढ़ा भिखारी, हमेशा बटुए से कुछ न कुछ पैसे डाल देती थी। शायद इसीलिए जहाँ और लड़कियाँ 'बिटिया रानी' थीं, मैं 'बिटिया राजरानी' कही जाती। अब भी वह उसी जगह ज़रा हटकर बैठता। चरन सिंह से गाड़ी रुकवाकर उसके हाथ एक रुपया डलवा देती। वह बूढ़ा भौचक उस रुपये को देखता, मेरे लिए कोई आशीर्वाद तलाशे कि कार सर्र से निकल जाती।

चरन सिंह ड्राइवर ने ही शायद सेठानी माँ से कहा था, "बहू जी की माँ इनके इनाम, तग़मे दे रही थीं, नहीं लाईं ये।" उनकी आँखों में एक प्रश्न सिकुड़ा था। फिर बड़ी बुज़ुर्गियत से हँसती हुई बोली थीं, "अच्छा किया, यहाँ लाकर क्या करेगी उनका? बचपन के खेल-खिलवाड़ और खिलौनों का अब काम ही क्या? अब बहू को बच्चों और घर-गृहस्थी से फ़ुरसत कहाँ मिलेगी किताबें पढ़ने की, और कप?" वे हँसीं, "ये अलमारियों में सजे-सजाये चाँदी के कप-तश्तरियाँ, गिलास-कटोरे, इत्रदान सब उसी के तो हैं। अब कलई वाले कपों की उसे क्या ज़रूरत?"

और गार्गी ने चुपचाप शास्त्रार्थ में हार स्वीकार कर ली थी।

यह हार स्वीकारने वाली बात रिंकी सुनेगी तो बिफर पड़ेगी, 'चुप रहो मम्मी, तुमने क्यों स्वीकारी यह हार? क्यों चुपचाप अपनी ज़िन्दगी एक खूँटी पर टँग जाने दी? तुम जानबूझकर क्यों मरती चली गईं? किस बलिदान की मरीचिका में? क्या उपलब्धि रही तुम्हारी?'

सच, बिलकुल सच, रिंकी। अकेले में स्वीकारती हूँ मेरी कोई उपलब्धि नहीं, तू कभी-कभी मेरे लिए ऊपर से बहुत कड़वी साबित हुई है, पर बाद में मैं हमेशा सोचती कि तेरी बात इसीलिए ज़्यादा कड़वी होती है, क्योंकि सच

होती है। पर जो सच मेरे पास था रिंकी, उसकी करुण भूमिका को अपने जीवन में स्वीकारना ही मेरे लिए असह्य था। सच जिसे अन्दर-अन्दर भोगती थी, पर ऊपर से उसकी छाया तक अपने ऊपर नहीं पड़ने देना चाहती थी। पूछना नहीं, आज तक न कभी वह होंठों तक आया, न शब्दों में बँधा, बस बहुत अन्दर तक अपनी अरूप धार से मुझे छीलता रहा। ऊपर से रोशनी से भरी मैं अन्दर तक एक लम्बी अँधेरी गुफा थी...मशालें बस उस गुफा के दरवाज़े पर ही थीं। अन्दर जीवन भर मैं उसी अरूप सच को पाले बैठी रही।

बड़ी होने के साथ-साथ यह अँधेरा सबसे अधिक असह्य तुम दोनों को ही हुआ था। ऋचा ने सहानुभूति और सहयोग से, तूने आक्रोश और विद्रोह से मेरे अँधेरे को ही चीरना चाहा था। जब जो तुम दोनों के हिस्से आया, तुमने अपनी मम्मी के लिए रोशनी का जुगाड़ ही करने की कोशिश की। मेरे लगातार टालते जाने पर तुम सीधे-सीधे रोशनी की एक मशाल-सी लिये सामने खड़ी थीं। पुकार-पुकार कर कहती हुई, 'यह लो, मम्मी! बढ़ जाओ एक प्रकाश से भरपूर सुथरी, बेबाक ज़िन्दगी की ओर!' पर तब तक बहुत देर हो चुकी थी। सच कहती हूँ रिंकी, अँधेरे की चिर-अभ्यस्त मैं उतनी रोशनी बर्दाश्त ही नहीं कर सकती थी।

तू तड़प उठी थी, 'ख़ूब सह सकती हो, मम्मी! मुश्किल अँधेरा सहना होता है, रोशनी सहना नहीं। पर तुम एक झूठे अहं के खूँटे से बँधी, जो कुछ हम और ऋचा कर रहे हैं, उसे नकारती जा रही हो। सचमुच समझ में नहीं आता कि आख़िर तुम चाहती क्या हो? क्यों उस ज़िन्दगी से चिपकी रहना चाहती हो, जो अन्दर से कभी सचमुच तुम्हारी रही नहीं और जिसे ढोने के लिए अब तुम्हें कोई बाध्य भी नहीं कर रहा। तुम...तुम चाहती क्या हो, मम्मी?'

ऋचा! तुझसे कहती हूँ, यह बात शायद तू समझ सके...रिंकी में इतना धैर्य नहीं; मैं भी इस बंजर किनारे पर बैठी यही सोच रही हूँ कि मैंने आख़िर ऐसा क्या चाहा था जो न पा सकी और ऐसा क्या पाया था, जो न स्वीकार सकी।

नहीं, वह पहला बचकानी उपलब्धियों वाला अतीत मेरे वर्तमान का काँटा नहीं बना कभी। अपने अस्तित्व का डंका पीटने या अस्तित्व की दुहाई देने

की कोई इच्छा नहीं थी मेरी। अत: इस वजह से भी स्वयं को अपने वर्तमान में कुंठित नहीं महसूस करने दिया। न ही मेरी बहुत कुछ कर गुज़रने की कोई महत्त्वाकांक्षा थी। बस, मैंने चाहा था एक सामान्य पति, समर्पित जीवन। मैंने चाहा था पौरुष, विश्वास और ज्ञान, जिससे केवल शरीर के स्तर पर नहीं, मन के स्तर पर भी एक हो सकूँ।

और यहीं आकर मेरा वर्तमान काँच के नुकीले टुकड़े सा मेरे अन्दर करकने लगता था। मैं उस करक को नकारती हुई स्वयं अपने से छल करती रही और अपने अहं को संतुष्ट करने की कोशिश में एक पूरी उम्र की लम्बी यंत्रणा से गुज़रती रही। लेकिन वह 'हार' होंठों पर नहीं लाई। शास्त्रार्थ चलता रहता था। मैं रिक्त हूँ, कहीं बेहद अकेली, न...नहीं, मैं पूर्ण सुखी हूँ, सम्पन्न। इससे अधिक सुख की आशा या कल्पना फ़ितूर है, फ़ितूर। क्या नहीं है मेरे पास? पति किसी से भी कम नहीं, कहीं से भी अयोग्य, दोषी नहीं। सेठानी माँ के शब्दों में इतनी पूजा, मनौतियों के बाद का इकलौता बेटा। वह भी आधी उम्र गुज़र जाने के बाद मिला हो, तो माँ उसे पलकों की ओट में क्या जाने देगी! ऐश-आराम, लाड़-प्यार में पाला। पढ़ने में मन ज़्यादा नहीं लगा, तो ज़बरदस्ती भी नहीं की...डिग्रियाँ इकट्ठी करने की ज़रूरत ही नहीं थी। न नौकरी के लिए दर-दर भटकना था, न उम्र भर क़लम घिसनी। बाप-दादा का जमाया व्यापार ही इतना ईश्वर की दया से कि बस देखता भी चले तो कई पुश्तों के लिए बहुत होगा। फिर भी ज़रूरत भर बी.ए. तक पढ़ा ही और अब कारख़ाने में बी.ए., एम.ए. पास उसके सामने नौकरी के लिए हाथ जोड़े गिड़गिड़ाते रहते हैं। नज़र न लगे, शरीर हमेशा का ठीक, दोहरा बदन। हमेशा केसर-कस्तूरी, पिस्ते-बादाम से सजी सुवासित थाली ही सामने रखी। फिर एक उम्र होने पर शरीर और भर जाता है। शौक़ के मारे ही शादी भी जल्दी कर दी। माँ की बात कभी टाली नहीं। बच्चियाँ भी जल्दी ही हुईं। आम रईसों की तरह न कोई लत, न कुटेव। सीधा-सादा, बस अपने काम से काम।

फिर? कितना वरद मातृत्व है मेरा, कितना सुखद पत्नीत्व! पत्नी की हर सुख-सुविधा का ध्यान रखने वाले, न ज़ोर से दहाड़ने वाले, न ठठाकर हँसने

वाले, दबी ज़ुबान से माँ की हर आज्ञा शिरोधार्य करने वाले। दूसरी औरतों की तरफ़ हँसी-मज़ाक़ तो दूर, आँख उठाकर देखना भी नहीं। बेहद सीधे, सुखी, आराम पसन्द आदमी। नहीं, उन्हें कोई दोष नहीं दे सकती। शरीर और मन से जितने कुछ पर उनका अधिकार था, सब कुछ दिया था उन्होंने मुझे। धर्म था, अर्थ था, काम था और जीवन के इन तीनों पुरुषार्थों के सहयोग से अन्तिम पुरुषार्थ आनंदमय मोक्ष की कामना कर सकती थी मैं।

पतित्व और क्या होता है आख़िर? यही सब तो हर औरत का प्रेय होता है न!

मैंने इससे अधिक चाह लिया था वही...विश्वास, ज्ञान और पौरुष...हाँ, आज कह देती हूँ नहीं मिला वह सब। 'मिल गया' कह देने से ही तू विश्वास नहीं कर लेगी। नारी नारी से छद्म नहीं कर सकती और तू भी अब बच्ची नहीं, एक पूर्ण नारी है। तो बता कौन करता संसार से एक नए मापदंड, एक नए पैमाने की सिफ़ारिश?

जो कुछ तूने और ऋचा ने संकेतों से कहा, समझाया था, वह मैं तुम दोनों के कहने से पहले भी समझती थी, जानती थी। माथुर अंकल के साथ रहने पर भी मम्मी कभी तुम दोनों की नज़रों में गिरेंगी नहीं। यह भी मालूम था कि तुम्हारे अपने हिस्से के सुख-संतोष में बढ़ोतरी ही होगी और रत्नेश—उन्हें संसार में कहीं से भी ज़्यादा सुख और सम्मान मिल पाता तो तुम तीनों से ही।

सब कुछ कल्पना में कितना मोहक था और यथार्थ में भी तो। सैटी पर लेटे-लेटे उन्होंने ख़ुद ही मुझे थहाते हुए पूछा, "ऋचा-रिंकी दोनों ही अब ग्लासगो के आसपास ही रहेंगी आप यहाँ अकेली रह जाएँगी, कुछ दिन वहाँ भी रहने की क्यों नहीं सोचतीं..."

"अभी तो रत्ना के दो साल यहाँ हैं, सोचने से फ़ायदा ही क्या!"

"रत्ना छुट्टियों में वहाँ आ सकती है...या आप भी जब चाहें।"

"नहीं, यहाँ का काम भी तो..."

"यहाँ अकेली रहकर भी आप कितना काम देख सकेंगी। यह आपके वश का है क्या? अच्छा यही होता कि कुछ मकान और प्लाट्स रखकर बिज़नेस तो ख़त्म ही कर दिया जाए।"

वे एक-एक पग सँभाल-सँभाल कर रख रहे थे कि कहीं मेरा कोई ज़ख़्म छू न जाए। मैं शायद अनजाने में चाह रही थी कि मेरे ज़ख़्म के गिर्द से हो कर सँभाल-सँभाल कर बढ़ते जाने की उनकी यह यात्रा ख़ूब लम्बी होती जाए...और अन्दर से अभिभूत मैं अनजान बनी रहूँ उनकी इस यात्रा से... क्या था मूल में? जन्म से जिस अभिमान को धूल-सा इधर-उधर उड़ाया, उसी की जमी हुई चट्टान? स्वामित्व का अधिकार, इतनी अपनत्व भरी शर्त पर भी खोने वाली नहीं थी, ख़ूब सतर्क होकर अपनी भूमिका निभाती बोली थी, "अभी सोचूँगी।"

"नहीं!" आवाज़ की सख़्ती मुझे हतप्रभ कर गई, "आपको कुछ नहीं सोचना है। बस, मुझे आपका इस तरह अकेली यहाँ रहना पसन्द नहीं।" रुकते न रुकते, जैसे अन्दर का सम्पूर्ण साहस जुटाते वाक्य पूरा कर गए थे। शायद मेरे छद्मवेशी अभिमान ने उनके पौरुष को चुनौती दे डाली थी। एक झटके से पतंग की लटकती डोर सा ही उन्होंने उसे काट दिया था और उसके बाद जाने कैसी निर्भय, दीप्तिमयी आँखों से मुझे निर्निमेष देखते रहे। बहुत कुछ था उन आँखों में—आग्रह, आस्था और तमाम-तमाम आश्वस्तियाँ।

न मेरे रूखे तटस्थ व्यवहार से सहमे थे, न बुरा माना था उसका। शायद समझ गए थे कि अभ्यस्त छद्म से इतनी जल्दी मुक्ति कहाँ मिल पाती है। या शायद यह कि इस एकाकी, थकान भरी यात्रा के बाद भी पाथेय के रूप में बँधी एक पोटली अभिमान की मेरे पास शेष है। उसे उन्होंने सचमुच मेरा अभिमान समझा हो या स्वयं सामने न आ पाने की लाचारी, पर उस भावना को पूरा सम्मान देते रहे। मेरे द्वंद्व की मानसिकता समझते रहे। उसी मानसिकतावश जब तक मैं उनको टालती रही, वे सामने न आए थे। लेकिन एक दिन इस

द्वंद्व से भी तो थककर अवसन्न, असहाय हो गई थी और तब पुरुष का सारा दम्भ भुलाकर वे स्नेही आँखों से सामने खड़े थे। मानो कह रहे हों—आओ, थक गई हो न...दो क्षण विश्राम कर लो।

जैसे जन्म से बन्द कोई झरोखा खुला था। मदिर बयार के एक झोंके के लिए चेतना उन्हीं गंध भरी थपकियों में खोती जा रही थी। उदास होंठों पर एक फीकी मुस्कान आई थी, "जानते हैं, अधिकारों की सीमा बढ़ाकर आदमी अपना बोझ ही बढ़ाता है, उपलब्ध कुछ नहीं होता।"

ओह, मेरी मुस्कराहट से ही उन्हें कितनी शक्ति मिल गई थी। निर्द्वंद्व बोले, "अधिकार नहीं, दावा कह लीजिए, अगर आपको लगता हो कि छीन कर हथियाने की कोशिश कर रहा हूँ, लेकिन उपलब्धि की अपनी अलग-अलग परिभाषा भी तो हो सकती है। एक के लिए जो कुछ नहीं, दूसरे के लिए वह बहुत कुछ हो सकता है।"

"फिर भी अधिकार और दावे भी वहीं आज़माए जाने चाहिए, जहाँ श्रम सार्थक हो। बंजर-बंध्या धरती पर की गई कोशिश तो व्यर्थ ही..."

"तो मैं धरती को नहीं, अपने पौरुष को दोष दूँगा। पर मुझे अपने पौरुष पर विश्वास है। देखूँगा, धरती का हठ जीतता है या मेरा पौरुष।"

एक सम्मोहक मुस्कराहट के साथ वे निश्चिन्त भाव से सैटी पर टिक गए थे। सीधी निश्छल दृष्टि मुझ पर टिकी थी। पौरुष—हाँ, अदम्य, साकार पौरुष जीवन में पहली बार मेरे सामने था। अभिभूत, अपलक उन्हें देखती रही। मेरी अनजानी आँखें जाने क्या-क्या उनसे कहती रहीं और ख़ुद से अनजान वे सब कुछ सुनते रहे। मेरी आस्था रोपते रहे, अपना विश्वास सौंपते रहे और शायद दोनों अपनी-अपनी उपलब्धियों को ही दूसरे से अधिक मूल्यवान समझते रहे। कोई साध्य, कोई प्रमाण नहीं था सिवा हमारे अपने एहसासों के। ओह, वह दृष्टि मुझे मेरे रिक्त अंधकूप से खींचती चली जा रही थी।

अभिभूत हो जाना ही तो अपने आपमें हार जाना है न। तो मुझे जिस क्षण पौरुष रूप की चुनौती मिली थी, उसी क्षण हार गई थी। वे उठे, "चलता हूँ।"

"?"

मेरी आँखों का प्रश्न पढ़ा और अब तक की अनदेखी, एक सौम्य पर नटखट मुस्कान छिटक पड़ी, "अपनी जीत की ख़ुशी सेलीब्रेट करने।"

कौतुक में बँधी आँखें उठी थीं। एक भरपूर अँगड़ाई लेकर खिड़की के पार देखते रहे, फिर रिकॉर्ड्र्स का डिब्बा उठा लाए। प्लेयर के पास जाकर बैठे ही थे कि रिंकी, ऋचा, प्रबोध, रत्ना सब पिक्चर से लौट आए थे, "हाय, अंकल! आज आप जल्दी आ गए? वंडरफुल! बताइए, कैसे एंटरटेन करें हम सब आपको?"

"ग़ालिब का रिकॉर्ड लगाकर" ऋचा धीमे से होंठों का बायाँ कोना मोड़कर मुस्कराई थी और फिर ख़ुद ही शरमा गई थी। ऋचा का चिढ़ाना भी हमेशा एक सलज्ज मुस्कान के साथ होता है। वैसे कभी-कभी ही वह किसी को चिढ़ाने का साहस कर पाती है, सो भी उसे जिसे एकदम अपना समझती है।

सचमुच उन्होंने बड़े इत्मीनान से छाँटकर रिकॉर्ड लगा दिया...

जान तुम पर निसार करते हैं,
हम नहीं जानते वफ़ा क्या है।

तीन-तीन कुशन कोहनियों के नीचे दबाए वे चुपचाप घूमते रिकॉर्ड को देखते रहे। ऋचा टुन्नू का दूध लाने चली गई, रत्ना मुझे शॉपिंग दिखाती रही। रिंकी लगातार चख-चख करती रही, "वंडरफुल मूवी, अंकल! इन मम्मी को देखा, कैसी खूसट होती जा रही हैं। ऋचा ने इतना कहा, पर ये शंकर जी के धनुष की तरह हिली ही नहीं। दुनिया की सबसे अक़्लमंद मम्मी अगर दुनिया की सबसे बेवकूफ़ बेटी की बात मान लेती तो..."

"तो?" उन्होंने सीधे बैठकर हँसते हुए पूछा।

"तो?" रिंकी की चख-चख के बीच किसी रीज़न की गुंजाइश थी ही नहीं। कुछ न सूझा तो चहककर बोली, "तो मज़े से पिक्चर देख आई होतीं। इस तरह हाथ मल-मल कर पछताती न होतीं।"

एक साथ समवेत हँसी का फ़व्वारा छूट पड़ा। सबसे ज़्यादा रत्ना हँस

रही थी। चिकनी, पारे से बिथुरती हँसी। प्रबोध भी हँसते हुए बोले, "देखा अंकल, क्या हाज़िर-जवाब साली मिली है। ऋचा से शादी करना इस लिहाज़ से ज़्यादा सार्थक हुआ।"

'ज़्यादा' पर ज़ोर देते हुए उन्होंने ऋचा को आँख मारी थी।

"हियर-हियर, लेडीज़ एंड जेंटलमेन, यूँ चुपचाप समय गुज़ारने से अच्छा नहीं कि कुछ एडवेंचर्स, मेरा मतलब साहसिक क़दम उठाए जाएँ। मुझे ऐसी एक बात सूझी है। देखिए जो कोई भी मेरी मम्मी को एक मूवी दिखा लाएगा न, उसे एक फ्री शर्ट पीस या पॉलिस्टर साड़ी या क्वालिटी में डिनर..अंकल, जीजा जी, एनी होप?"

अंकल बीच की उँगली से ऐश-ट्रे में सिगरेट झाड़ते बोले थे, "प्राइज़ कम है। और कॉन्टेस्ट की शर्त बड़ी, क्यों प्रबोध?"

रिंकी बोली, "ठीक है, मूवी न सही, आउटिंग तक भी चलेगा।"

"ओह, श्योऽऽऽर" के साथ ही वे इस तपाक से खड़े हो गए कि मैं हैरान सी देखती रह गई। मैं ही क्यों, बाक़ियों में भी किसी की समझ में नहीं आ रहा था। लेकिन वे उठे ही नहीं, बल्कि इस निश्चिन्तता और उल्लास से 'आइए' कहा, जैसे मैंने ही उनसे ले चलने के लिए आग्रह किया हो। जैसे वे आज्ञा दे नहीं रहे, बल्कि आज्ञा पालन कर रहे हों।

मैं थोड़ी मुस्कराई या कहूँ कि मुस्कराना ही पड़ा, जैसे बच्चों के खेल पर। बैठी रही तो ज़रा सख़्ती से बोले, "आइए भी, मैं जल्दी किसी कॉन्टेस्ट में बैठता नहीं और बैठ जाता हूँ तो हार नहीं सकता," फिर रिंकी की ओर मुड़े, "रिंकी, घंटे भर बाद लौटूँगा, तो मेरा गिफ़्ट पैक रखा होना चाहिए। नहीं, तू भी मेरे साथ चल, तुझे मफ़तलाल पर उतारता जाऊँगा। तू भी क्या कहेगी कि किसी अंकल से पाला पड़ा था।"

समझ गई कि बड़ी कुशलता से अपने 'प्रेस्टीज इशू' की आड़ में उन्होंने मुझे निरुत्तर कर दिया था। जैसे जादू की छड़ी सी घुमा दी गई हो। मैं झेंपती सी खड़ी हो गई। लड़कियाँ और प्रबोध ताली बजाकर हँस पड़े।

कुल बीस मिनट बाद शहर के बाहर सरसों के पीले खेतों के बीच बढ़ते-बढ़ते ही उन्होंने जैसे एकाएक ही कार रोक दी। बाहर निकलकर दूर-दूर बिछी पीली सरसों के फूल आँखें भर-भर कर देखते रहे, फिर खिड़की के पास झुककर बोले, "बाहर आइए न।"

"न, बस ठीक है।"

"खुली हवा में खुलकर साँस लेना कोई पाप नहीं होता।"

अभिप्राय समझ लेने पर बहकना मुश्किल भी तो हो जाता है। किसी तरह अटकते हुए बोली, "नहीं, पाप-पुण्य की बात नहीं। मन नहीं कर रहा।"

"मैं सचमुच बहुत ख़ुश हूँ कि आपने अपना मन ढूँढ़ लिया।"

यह क्या हो गया है...मेरे अन्दर-बाहर की इतनी सटीक व्याख्या। कब पढ़ा इन्होंने मेरा मन? उस गहराई को छिपाकर हँसी, "ढूँढ़ लिया? क्या मतलब?"

"मतलब एक बहुत बड़ा 'लॉस्ट एंड फ़ाउंड' वाला मसला हल हो गया।"

"आपके शर्ट पीस वाला मसला भी तो..." मैं गहराई से जानबूझकर बचना चाह रही थी, या कहूँ कि अपने को नकारना चाह रही थी।

"ओह, यस, अ वेलुएबुल शर्ट पीस..." फिर पीली बिछी सरसों के फूलों पर दृष्टि टिकाई।

उन्हीं फूलों से ही आती मदिर बयार उसी मन के झरोखे के आर-पार झिरझिराती बह रही थी। वही बयार मुझे उन्मुक्त कर गई, "यह एकदम बच्चों की तरह इतने ग्रीडी कैसे हो गए?"

"मन किया बस," उन्होंने वही विश्वास भरी दृष्टि मेरी ओर उठाई, "अपने सुख के लिए कुछ करना पाप तो नहीं, और...आपकी तरह पुण्यात्मा हर कोई हो भी नहीं सकता।"

अचानक मेरी आँखों में बदलियों के कुछ टुकड़े तैरे थे। मन ऊपर से कहीं भर आया था। एकदम काँपती आवाज़ में कह गई, "यही कहना चाहते हैं न कि बीती हुई पूरी ज़िन्दगी मैंने पुण्य की लिप्सा में ही बिताई है।"

बहुत कोमल, अनछुआ था उनका 'नहीं...' और कुछ अस्फुट शब्द...

इसे स्वीकारना ही सबसे बड़ा पाप होगा। उसके बाद अगली सीट पर आकर अनमने ढंग से स्टीयरिंग रुकी कार में ही इधर-उधर घुमाने लगे थे। काफ़ी देर बाद धीमे से बोले, "आपने अपना मन पढ़ लिया है न! तो बताइए, क्या सचमुच आप मन से इस हवेली में अकेले घुटना चाहती हैं? मेरा मन कहता है, इससे बड़ा झूठ कोई नहीं हो सकता। मैं सचमुच चाहूँगा कि आप ग्लासगो ही रहें। अब तो लगता है साल में तीन महीने की जगह सात-आठ महीने वहीं का काम ज़्यादा है," फिर सँभलकर बोले, "और सबसे बढ़कर ऋचा-रिंकी दोनों वहीं रहेंगी। रत्ना आप जब चाहेंगी, आपके पास पहुँच जाएगी..." वही बोझिल थकान और जवाब में मेरी आँखों में एक बहुत बड़ा शून्य भर पाकर वे जैसे अपने आप से बोलते रहे, "ज़िन्दगी को ज़िन्दगी की तरह लेकर सोचिए। उसे एक बेगार या फंतासी बनाकर मत छोड़ दीजिए। जो सहज है, स्वाभाविक है, उसी ओर चलिए न। बलात् मन को नकारते चले जाने में आपको शान्ति मिलेगी क्या?"

लगा, जैसे भरा हुआ मन बाँध तोड़कर बह चलेगा। खुलकर रहना, खुली हवा में साँस लेना ही क्यों, खुलकर रोना शायद उससे भी अधिक तृप्ति दे जाता है। तब फिर यहीं इसी सीट पर हिचक-हिचक कर इनसे पूछूँ—बताइए, कहाँ मिलेगी शान्ति मुझे? आप तो बरसों से मेरे मन की गुप्तचरी कर रहे हैं न, पैदाइशी मनोवैज्ञानिक होने का दंभ भर रहे हैं न, तो बताइए, कहाँ ढूँढ़ूँ शान्ति...लेकिन बाँध टूटा नहीं...बस, थोड़ी देर तक हाथ इधर-उधर झटकाती प्रकृतिस्थ होने की कोशिश करती रही, वे वही सब दोहराते रहे। समझाते रहे कि मेरी मानिए...इस बड़ी सी हवेली में अकेली विरागनी-सी घूमते रहने में शान्ति नहीं मिलेगी।

"तब...तब कहाँ मिलेगी, बताइए..." और इतनी कोशिश से रोका हुआ बाँध सारी सीमाएँ तोड़कर बह चला था। यह क्या मैं ही थी मासूम बच्ची सी हिचक-हिचक कर रोती हुई, पिछली सीट पर मुँह छिपाए लेकिन जैसे-जैसे मन हल्का हो रहा था, धिक्कारती जा रही थी ख़ुद को छिः, इससे बड़ी शर्मिंदगी क्या कुछ और भी हो सकती है मेरे लिए? कहाँ गया मेरा अभिमान

और वे भी कहीं भावुक हो ऐसा ही कुछ कह या कर बैठे तो अभी इस क्षण भी क्या सह पाऊँगी उसे? तब न उनके प्रति कठोर हो सकूँगी, न करुण। फिर यह इस तरह सूनेपन में सीमा तोड़कर बह जाना पुरुष को डूब जाने के लिए आमंत्रित करना ही तो है। नहीं-नहीं, मैं इस तरह उनकी दया, सहानुभूति या याचना कुछ भी स्वीकार नहीं सकूँगी। लेकिन अब? कुछ तो कहेंगे ही अपनी समझ से, मेरी समस्या का एकमात्र समाधान भरा दस्तावेज़ ही बढ़ाएँगे।

लेकिन उन्होंने कुछ भी न कहा, न बढ़ाया। चुप होकर भी दिल धड़क रहा था, देखें क्या कहते हैं। बैठे-बैठे ही उन्होंने ज़रा और मुड़कर देखा और शान्त आश्वस्त स्वर में समझाते से बोले, "मिलने की जगह तो ढूँढ़ी जाएगी, लेकिन जहाँ नहीं मिलने वाली, उसका ख़याल तो छोड़ ही दीजिए।"

वह सब तो जैसे नाटक की भूमिका थी। यवनिका उठी थी, नवंबर की उस गुनगुनी दोपहर में। मंच के बीचोबीच मैं थी। चेयर की बैक पर चेहरा टिकाए चुपचाप कोने में प्लेयर पर गोल-गोल घूमते रिकॉर्ड को अनिमेष देखती हुई जैसे रिकॉर्ड को सुन नहीं, देख रही होऊँ। गीत नहीं, गीत के कुछ आस्थावान अक्षरों को टकटकी बाँधे पढ़ रही होऊँ...

जान तुम पर निसार करते हैं,
हम नहीं जानते वफ़ा क्या है।

निभृत एकाकिनी मैं सारा माहौल पिये जा रही थी। अभी थोड़ी ही देर पहले गॉगल्स, चुन्नियों, स्कार्फों से लैस झटकते कटे बालों के लच्छों वाली बटालियन पूरे तीन दिन की जॉली ट्रिप पर निकल चुकी थी। तोषी और मुक्ता भी ससुराल से लौटी थीं। साथ में नए-नए पति। घर का माहौल अभी भी उन्मुक्त हास-परिहास के लिए उपयुक्त नहीं ही था। फिर दोनों की छोटी बहनें रिंकी की सहेलियाँ थीं। बस, फटाफट आउटिंग के प्रोग्राम बन गए।

वैसे ऋचा प्रबोध को मिस कर ही रही थी। पर घर से तो अच्छा ही था। नए युगलों का साथ और खिलखिलाती छोटी सालियाँ। एक साथ बैठकर मेनू सेट किए गए। ख़ूब कुहराम मचाकर सबकी पसन्द के सब तरह के स्नैक्स पैक किए गए। अलग-अलग सबने सरप्राइज़ पैक भी रखे।

बाद में पता चला, लेक तक मुक्ता और तोषी की मम्मी भी जा रही हैं। "मम्मी! तुम भी चलो..." रिंकी बोली।

"हाँ, मम्मी! सच, चलिए। हमें बहुत अच्छा लगेगा," ऋचा की कोमल अनुनय भरी आवाज़।

रत्ना की आँखों की पुतलियाँ चमककर प्रस्ताव का अनुमोदन कर रही थीं। लेकिन मैं, हमेशा के ऐसे मौक़ों की तरह ही सख़्त पड़ गई थी, "नहीं, घर पर भी किसी का रहना ज़रूरी है।"

ऋचा ने एक-दो बार और कहा। रिंकी ने ज़िद पकड़ी। फिर भी नहीं मानी तो एकदम चिड़चिड़ा उठी, "छोड़ो भी ऋचा, अपने साथ-साथ हमें भी बोर करके रख दिया। रहने दो इन्हें भूत-प्रेतों के साथ। जब डैडी थे तो हमेशा डैडी का बहाना लगाती थीं।"

"रिंकीऽऽ!" ऋचा ने आपे से बाहर हो उसे डाँटा। लेकिन या तो ऋचा का लहजा उसे ज़्यादा ही अपमानजनक लगा या उस समय वह सचमुच आपे से बाहर थी। हमेशा की तरह सिटपिटाई नहीं, न ही धीमे से—चिढ़कर ही सही—'सॉरी' बोली, उलटे उसी तुर्श लहजे में बोलती गई, "तुम्हारी हिदायतें मुझे सच कहने से रोक नहीं सकतीं, ऋचा। सच कहो, क्या मम्मी ने अपने साथ-साथ हम सबका भी दम घोटकर नहीं रख दिया है?"

"तुम्हें मम्मी ने कब बाहर जाने को मना किया है?"

"मुँह से मना करना ही क्या ज़रूरी है। इस तरह मम्मी घर में पड़ी रहें, और हम सब हँसें, खिलखिलाएँ, बाहर जाएँ, तो बाहर वाले भी कहते फिरेंगे कि अपनी होतीं...।

"रिंकीऽऽऽ!" ऋचा इतनी ज़ोर से चीख़ी थी कि शायद मैं न रोकती तो रिंकी के गाल पर एक भरपूर चाँटा लगा चुकी होती।

इसके बाद कोई कुछ न बोला। रिंकी फफक-फफक कर रोती रही। ऋचा चुपचाप सन्न सोफ़े पर पड़ी कुछ-कुछ देर पर बहुत धीमे से अपनी आँखें पोंछती रही। रत्ना चौथे कोने में बैठी बारी-बारी हम तीनों को कभी सहानुभूति से, कभी परेशानी से या कभी ऊब से देखती रही। कुछ भी कह या कर सकने में असमर्थ उसके चहरे पर एक बेचारगी थी। लेकिन पहले माहौल और अब शिक्षा ने उसे इतना रिज़र्व कर दिया था कि अकारण किसी विवाद के बीच कूदना बुद्धिहीनता ही थी उसके लिए।

धीरे-धीरे वह उठी, रिंकी के पास जाकर बैठ गई। उसे असमंजस की सी स्थिति में बैठा देखकर मैं संयत हो मुस्कराई, फिर उसे संयत करने की कोशिश की, "एक ही दीदी है क्या तेरी? दूसरी को नहीं चुपाएगी?"

दोनों को नॉर्मल होने में काफ़ी देर लग गई। फिर भी समझाती-बुझाती, हँसती-बहलाती रही। अन्त में पैकेट्स सहेजकर विदा दिया। जाते-जाते रिंकी के चेहरे पर घिरी अपराध भावना मुझे बार-बार अपनी तरफ़ से उसे आश्वस्त करने को बाध्य करती रही। ऋचा दरवाज़े तक समझाती गई, "दवा लेती रहिएगा... आप हमेशा भूल जाती हैं। रामकली को अपने पास सुला लीजिएगा..." मुझे सबसे ज़्यादा संतोष था रत्ना के चेहरे पर आए हल्केपन से, वह ख़ुश हो धीमे-धीमे मुस्करा रही थी।

और अब?

डंके की तरह कुछ लगातार अन्दर चोट किए जा रहा था। चारों ओर सवालों-जवाबों की भीड़ भरी प्रतिध्वनियाँ, वादी-प्रतिवादी द्वंद्वों के घेरे, और कठघरे में अकेले खड़ी मैं—अपराधिनी। सवाल मुक्के तान-तान कर चीख़ रहे थे—योर ऑनर, इस औरत ने ख़ुद अपनी इच्छा से यह बीहड़, सन्नाटों भरी ज़िन्दगी जी है। इससे पूछिए, क्या किसी ने इसे मजबूर किया था? क्या ख़ुद अपनी इच्छा से शौक़िया घुटन इसकी हॉबी नहीं रही? ठीक है, लेकिन जैसा कि अभी-अभी इसकी दूसरी सौतेली बेटी ने कहा, इसे दूसरों का दम घोटने का क्या अधिकार था? क्या सीधे-सीधे सामने आकर गला घोट देना ही दम घोटना होता है? एक ज़िम्मेदार माँ की हैसियत से इसने आख़िर क्यों

ऐसी परिस्थितियाँ उत्पन्न होने दीं, जिनमें इसकी बेटियों को ऐसा एहसास हो।

मेरी आँखें थकी, अवसन्न बन्द थीं। चुपचाप सवालों के आरोप सुनती हुईं। योर ऑनर, महानता के छद्म में ओढ़ी हुई यह वीरानी क्या इसे शान्त, सहज कर पाई है? इससे पूछा जाए कि क्या सचमुच इसे उन्मुक्त हो हँसना, खिलखिलाना, सरसराते आँचल के साथ कोई लुभावना गीत गाते चले जाना अच्छा नहीं लगता? लगता है! लगता है!! लगता है!!!...एक साथ जैसे ढेर सारी प्रतिध्वनियाँ घंटों लगातार टन-टन के साथ गूँजने लगी थीं। मैं वैसी ही बोझिल पलकें बन्द किए उन जासूस प्रतिध्वनियों को महसूस रही थी।

इन प्रतिध्वनियों के बीच कभी मिसेज़ तन्खा दिखीं, कभी मिसेज़ श्रेष्ठ। कितनी सहजता से वैधव्य के दुख और पारिवारिक दायित्वों के बीच सामंजस्य स्थापित करती हुई। विमल तन्खा ने आठ महीने बाद ही सर्विस कर ली स्कूल में, माधवी श्रेष्ठ ने हैंडीक्राफ़्ट का काम शुरू कर दिया। इन दोनों के साथ तो आर्थिक कठिनाइयाँ भी थीं। पर कितनी आसानी से, बस एक-डेढ़ वर्ष के अन्तर पर ही उनका जीवन अपनी-अपनी व्यस्तताओं के बीच सामान्य हो चला था। कभी आते-जाते हुए माधवी श्रेष्ठ के पास कुछ देर को रुक जाती। जो बन पड़ता, थोड़ा-बहुत ख़रीद भी लेती। वहीं कभी-कभी माधवी को अपने ग्राहकों से हँसी-मज़ाक़ करते देख हैरान सी रह जाती। माधवी ने स्वयं भी मुझे ज़्यादा ही चुप देखकर समझाने की कोशिश की थी, "यह ज़िन्दगी हमेशा एक तरह से नहीं जी जा सकती, मिसेज़ राय। हर बदलाव में इसे जीना पड़ेगा, सो भी एक ठीक ढंग चुनकर ही।"

फिर वही द्वंद्व भरी आवृत्तियाँ—जीने का सही ढंग क्या है आख़िर? सही ढंग चुन पाना ही तो काफ़ी नहीं न! उसमें जी पाना भी तो आना चाहिए।

ऐसे ही विमल तन्खा भी स्टाफ़ रूम में टीचरों, क्लास में लड़कियों के साथ खुलकर हँसती-बोलती रहतीं, लेकिन अकेले में बातों के दौरान बोलते-बोलते ही आँखें जैसे ज़लज़ले में डूब जातीं। तब कप में चाय ठंडी होती जाती, लेकिन विमल की आँखों के गर्म आँसू बेतरतीब बहते ही रहते, "भाभी, मैं सारा दिन व्यस्तताओं में झोंककर जीती हूँ, नहीं तो वे स्मृतियाँ मुझे जीने

दें भला, पागल न बना दें? लेकिन मुझे जो कुछ क्षणों का अवकाश मिलता है, उस पर मेरे अतीत का ही एकाधिकार है। कितना विचित्र है। अवकाश में सीजती बीती ज़िन्दगी ही वर्तमान को भी जी सकने भर का तो बना ही देती है। मैंने तन-मन से इतना-इतना प्यार बटोरा है, भाभी कि उसी के सहारे वैधव्य भी कट जाएगा।" फिर मैं क्यों जाने-अनजाने प्रश्नचिह्नों के घेरे में क़ैद हो जाती हूँ? क्यों नहीं सब कुछ स्वाभाविक चल पाता? अनायास मैं ऊपर आकाश की ओर देखने लगती हूँ, जैसे स्वाभाविकता ढूँढ़ रही होऊँ। मंच पर ढेर सारे हरे-हरे तोते चोंच से लाल गुड़हल के फूल दबाए उड़ने लगते हैं। मैं अलगनी से कपड़े उतारने के बहाने उन्हें खड़ी-खड़ी देखती रहना चाहती हूँ कि रामकली कह जाती है, "मनिहारिन आई है, सेठानी माँ बुला रही हैं।"

उस दिन सेठानी माँ मनिहारिन से बोली थीं, "सुआपंखी हरी और लाल चूड़ियाँ पहनाओ इनकी मम्मी को। ऋचा-रिंकी की ज़िद देखती हो, मनिहारिन।" हाँ, उस समय भी मैं ऋणी थी दोनों बेटियों की, मुझे सुआपंखी हरी चूड़ियाँ पहनवा देने के लिए। हवेली के बड़े मेहराबदार खंभों और झाड़फ़ानूसों से सजी छतों के अन्दर उन्मुक्त आकाश में उड़ते तोतों को देखने के लिए जब-तब तरसती कलाइयों में बँधी सुआपंखी हरी चूड़ियाँ देखने लगती। शायद वही मेरे सहज-स्वाभाविक क्षणों में एक होते। शेष सब विधि-निर्देशों की अथक पुनरावृत्तियाँ—धीमे हँसना, हाँ, और धीमे, घूँघट थोड़ा और, ऐसे चलना, ऐसे उठना, ऐसे बैठना...उनसे इस तरह पेश आना, नौकर-चाकरों को ऐसे आदेश देना, बच्चों को ऐसे सँभालना। ओह! सलीक़ों, दायित्वों और कर्तव्यों का कितना बीहड़ जंगल। और बीचोबीच बाँधकर रखी गई मैं। करना कुछ नहीं। सुबह से शाम तक बस, आदेश सुनने और आदेश देने की औपचारिकताएँ। हाथ बाँधे परम्पराओं का निर्वाह। टूटती, थकती, घिसटती हुई—सब कुछ सँभाले चलते जाना।

कभी भूले-भटके कोई किताब लेकर बैठी कि सेठानी माँ की लाड़ भरी आवाज़ आती। चौंककर किताब रख उनके पास पहुँच जाती।

"अकेली क्यों बैठती, बहू? इसी से बुला लिया। जब फ़ुरसत हो मेरे पास आ जाया कर।"

सौंफ और गुलकंद पड़े पान और गिलौरियों के साथ औरत की ज़िन्दगी सफ़ल (!) बनाने की दुनियादार अनुभवी सीखें सिर झुकाए सुनती रहती। औरत की दुनिया पति और बच्चे हैं। उसका स्वर्ग घर है। उसका ईश्वर पति है। वह लाख पढ़-लिख जाए, मर्द की बराबरी नहीं कर सकती। रहेगी उसके पाँव की धूल ही। विद्या, बुद्धि या सौन्दर्य की आड़ में ही सही, पुरुष की बराबरी की कोशिश उसकी मूर्खता ही होती है और फिर यह कोशिश एक अपराध हो जाती है, जो औरत को कहीं का नहीं रखता। पुरुष को तो विधाता ने ही श्रेष्ठ बनाकर भेजा है।

धीरे-धीरे ज़िन्दगी का हर क्षण विधि निर्देशों, सीखों-हिदायतों से जोड़ता मुझे एक-एक संधि-पत्र सौंपता गया। ऐसे असंख्य संधि-पत्रों की स्वामिनी थी मैं। लेकिन इन संधि-पत्रों के समानांतर मेरी एक अलग दुनिया भी चलती रहती थी, जिसमें कभी 'द लास्ट राइड टुगेदर' की कोई पंक्ति खिड़कियों के भारी परदे सरकाकर गुनगुनाती होती, कभी 'चन्द्रगुप्त' की मालविका की तरह बन्द कमरे में चुपचाप बिस्तर पर पड़ी फुसफुसाती होती, 'स्मृति, तू मेरी तरह सो जा!' और कभी किसी कल्पित जलदस्यु को सम्बोधित कर 'आकाशदीप' की चम्पा-सी छटपटा उठती, अंधेर है जलदस्यु, मैं तुम्हें प्यार करती हूँ।'

वहाँ कोई जलदस्यु न होता, कोई चन्द्रगुप्त न होता। बस, सात रंगों के काँच से मढ़ी राय हवेली की पाँचवीं मंज़िल पर बनी रंगमहल सरीखी बरसाती होती, जिसके झरोखों से नीचे झाँक, गालों पर हथेलियाँ टिकाए मैं एक उद्दाम सागर की कल्पना कर लेती, 'इतना जल, इतनी शीतलता, पी सकूँगी?'

बस, ऐसा लगता कि मैं वार्षिकोत्सव पर चम्पा का अभिनय कर रही होऊँ। सारा हॉल तालियों की गड़गड़ाहट से गूँज रहा होता कि सेठानी माँ की आवाज़ गूँजती, "रामकली, ऋचा की मम्मी से चाबी ले आ ज़रा!" फिर बच्चियाँ आ-आ कर हँसती-खिलखिलातीं, स्कूल की बातें सुनातीं, रूठतीं, तुनकतीं। मैं स्वाभाविक मर्यादा में लिपटी उन्हें मनाती, समझाती, प्यार करती, नाश्ता

कराती। रामकली हाथ-मुँह धुलाकर लाती तो उनके होमवर्क देखती, पढ़ती।

सेठानी माँ तृप्त हो रामकली से कहतीं, "लड़की अच्छी है, बच्चियों को प्यार करती है। बेटे का भी ख़याल रखती है। यही तो चाहती थी। उम्र कम है, पर उच्छृंखल नहीं। स्वभाव का यही भारीपन मुझे पसन्द है। मैंने कहा था न छोटे घर की आएगी तो लिहाज़ करेगी।" और पानदान रामकली की ओर खिसका देतीं।

रात गए वे कारख़ाने से आते तो वर्क लगी रबड़ी के कुल्ले और पान के ख़ुशगवार झोंके के साथ। मैं याद करके पहले दोनों बच्चियों के लिए रखती तो रात उनके मुँह पर और सुबह सेठानी माँ के चेहरे पर सन्तोष झलकता। निरन्तर इसी धार पर चलने का अभ्यास करती गई। कब कर्तव्य की उस धार पर ममता और स्नेह की सच्ची धार चढ़ती गई, पता नहीं। अब बच्चियों को खिलाए बिना सचमुच ही कुछ न खा पाती तो सेठानी माँ अपनी ट्रेनिंग की सफलता पर गद्गद हो मुझे देखती रह जातीं।

इतना ही क्यों, कोशिश करके भी अब ज़ोर से बोल ही न पाती। एक सीमित गति से तेज़ चल ही न पाती। लहालोट हो खिलखिलाकर हँसना भूल गई थी। अम्मा के पास जाती, तब भी इतना ही खुल पाती कि छोटे से सहन में रखी खटोली पर टाँगें फैला लेटी रहती और ऊपर फैले आकाश को आराम से देखती-देखती अपनी हवेली के क़िस्से सुनाती रहती। शाम चार का घंटा बजते ही सिंड्रेला की तरह जल्दी-जल्दी पैरों में चप्पल डाल अम्मा के पैर छू भाग खड़ी होती। ऋचा-रिंकी के स्कूल से लौट आने का समय जो होता। रात अम्मा के पास कभी नहीं रुकती। मेरे दायित्व और ठाठ देखते हुए अम्मा ने कभी ज़िद भी न की। मेरे सुख (!) की कल्पना कर ही वे इतनी विभोर रहतीं कि अपने लिए मेरे सान्निध्य की ख़ुशी हँसते-हँसते न्योछावर कर देतीं। उन्हीं के शब्दों में मुझे आँखों से देख लेती थीं, यही बहुत था उनके लिए।

जाती भी तो ड्राइवर सारा दिन बाहर बैठा रहता। कुछ अजीब पसोपेश भरी स्थिति रहती। अम्मा उसकी ख़ातिरदारी में भी ख़ासी परेशान होतीं। ज़्यादा बुरा लगता जब पिताजी आते। उनकी कमीज़ ड्राइवर की कमीज़ से ज़रा ही साफ़ रहती, पतलून झूलती सी ऊँची और हर बार पिछली बार से ज़्यादा दुबले लगते। यही था मेरा अपना घर, छोटा सा कमरा, सहन, नल की टोंटी से टपकता पानी, जिंस मसालों के कनस्तर, डिब्बे, मुसमुसे बिछावन, झूलते अधटँगे पर्दे। ऊँची पतलून और अशक्त-सी देह वाले पिताजी और अँगीठी के पास झुकी प्याले में मेरे ड्राइवर के लिए चाय ढालतीं अम्माँ। कुछ ख़ास पहन-ओढ़ कर आती, पर मेरा आभिजात्य अपनी कोठरी में अलग ही दमकता रहता। सब कुछ कितना बोझिल, कितना असहनीय लगता।

लेकिन सबसे अधिक हैरानी यह देखकर होती कि अम्मा और पिताजी को कभी अपनी स्थिति दयनीय या असहनीय नहीं लगी। कभी के सिर्फ़ थोड़े से संकोच को छोड़कर दोनों हमेशा ख़ुश रहते। मुझे देखकर अपनी स्थिति की तुलना करने पर, मेरी समृद्धि उन्हें तृप्ति से ओतप्रोत कर देती। वैसे भी उनकी अपनी स्थिति अब उनके लिए महत्त्वहीन, नगण्य थी। लौटते समय कार में बैठते-बैठते मुझे दोनों भूरि-भूरि आशीर्वाद देते और कार चल पड़ने पर भी कार से उड़ी धूल खड़े-खड़े देखते रहते। वह धूल जब पास-पड़ोस की खिड़कियों पर पड़ती तो वे मन ही मन निहाल हो जाते, ख़ासकर उन खिड़कियों के पर्दे के पीछे से झाँकते चेहरों की कल्पना कर।

मैं लौट आती सामाजिक तौर पर अपने सतरंगे शीशमहल की दुनिया में। व्यक्तिगत तौर पर अपनी फंतासियों से घिरी दुनिया में। लौटते हुए कभी पारुल घोष के बरामदे की वह चौकी दिख जाती, जिस पर कभी साथ-साथ बागेश्वरी की तानों की प्रैक्टिस चलती होती। कभी शुभदा की खिड़की से रसोई में टँगे प्याले, जिसमें 'मालविकाग्निमित्र' की प्रैक्टिस से

थककर चाय पीते थे सब। कभी कान्ता की मुंडेरों वाली छत, जिस पर खाट पर बैठकर 'द एंशेंट मैरिनल' पढ़ते-पढ़ते हम दोनों बरसात के पानी में झलकते आकाश के नीले प्रतिबिंब को देखकर कल्पना करते कि हम कान्ता के घर की छत पर नहीं, विशालकाय जलयान पर बैठे हैं जो धीरे-धीरे नीले सागर में तिर रहा है।

वह अतीत का जलयान वर्तमान के सागर में इसी तरह दिशा-भ्रमित सा डोलता रहता, जैसे उसका न कोई गंतव्य हो, न उद्देश्य...और मैं जब अपने अन्दर का सागर थहाते-थहाते थक जाती, तो थकी, अवसन्न बाँहें फैल जातीं इसी जलयान की ओर सहारे के लिए...

मंच पर मेरा यह स्वगत कथन और भी देर तक चलता कि सहसा कमरा रोशनी से भर उठा और सामने रत्नेश को खड़ा पाया। यह भी होश आया कि कमरे में शाम का धुँधलका पूरी तरह फैल चुका है और रिकॉर्ड से सुई हटकर कोने में टिकी हुई है।

सिहरकर चौंक गई, "आप...आप...इस समय?" वे सोल्लास बोले, "हाँ, जाते समय बच्चों से प्रॉमिस किया था, लौटते समय इधर से होता जाऊँगा। काम तीन-चार दिन पहले ही ख़त्म हो गया। अब ज़बरदस्त सरप्राइज़ दूँगा। कहाँ हैं सब, रिंकीऽऽ!"

"वे सब तो आज ही तीन दिन की आउटिंग पर..."

"ओह!" उन्हें मेरे चौंकने और अस्थिर हो जाने का मतलब समझ में आने लगा था।

रिंकी को लगाई उनकी आवाज़ में रामकली भागती-भागती आई। देखते ही हुलसकर बोली, "साहब! कब आए? चाय लाऊँ?" इतने दिनों में रामकली, केशो सब उन्हें घर के सदस्य सा ही अपना समझने लगे थे।

कुछ पल असमंजस में रह स्थिति समझते से वे स्वयं बोले, "मैं बाहर बैठक में बैठता हूँ, आप आराम करिए। रामकली, चाय वहीं ले आना!" और उठ गए।

मैंने कुछ भी नहीं कहा, वैसी ही बैठी रह गई। काम कुछ नहीं करना था,

थकी भी नहीं थी। पर कह ही न सकी कि मुझे आराम नहीं करना है, आप बैठ सकते हैं। जैसे सब तरफ़ से उखड़ी-पुखड़ी बेतरतीब-सी हो रही थी।

रामकली चाय दे आई। लौटकर मुझे सुनाती हुई सी बोली, "बच्चों के बिना बाहर उदास बैठे हैं। कह रहे थे, बच्चों ने क़सम दिलाई थी, इसीलिए आया। दो घड़ी जाकर बैठ लेतीं न।"

सहज होने की फिर कोशिश की, पर जैसे साहस ही नहीं जुटा। एक थकी उबासी लेकर हाथ फैलाते हुए कहा, "थकान सी लग रही है, फिर बैठ लूँगी।" और उठ गई।

रामकली मुझे अचरज भरी आँखों से देखती रही, मानो कह रही हो क्या हो गया है तुम्हें? घर का इतना ख़ैरख़्वाह थका-माँदा आया और तुम्हें हालचाल पूछने भर में थकान लग रही है।

पलंग पर जाते-जाते मन बेहद उजाड़ लग रहा था। जैसे बाहर-अन्दर सब कुछ तेज़ी से उलझता जा रहा हो। कितनी ही पत्रिकाएँ उलटीं, रेडियो के स्विच ऑन-ऑफ़ किए, लेकिन मन में बवंडर उड़ता ही रहा, कैसे इतनी असहज हो उठी कि शिष्टाचार की औपचारिकता निभाने में भी डर गई? यह तटस्थता है या अति सतर्कता? जो कुछ भी है, उसका कारण? मेरी दुर्बलता ही न! 'नहीं...' मेरा अभिमान चीख़ उठा। तब आख़िर क्या है जो मुझे इतनी जल्दी असहज कर जाता है? कुछ नहीं, शायद मैं दायित्वों के बोझ से क्लांत हूँ, दुखी हूँ, अशान्त हूँ। बस, इतना ही किसी को अस्त-व्यस्त कर देने को काफ़ी नहीं? मन ही तो है। बाद में बैठ लूँगी। कितनी समस्याओं को लेकर भी उनसे पूछना है, कहाँ क्या करना है? मन थोड़ा हल्का लगा।

गई शाम मुझे बैठक की ओर आता देख रामकली संतुष्ट लगी। वे सोफ़े पर उठंगे अपने ख़ास पोज में कोई किताब उलट-पुलट रहे थे। इस बीच शायद नहा-धो कर फ्रेश हो लिये थे। मोटे खादी सिल्क का ढीला कुर्ता-पाजामा, क़रीने से सँवरे अधभीगे बाल। मेरी उपस्थिति का एहसास हुआ तो हल्के से चौंके, फिर अभ्यर्थना में निर्दोष भाव से मुस्कराए।

कुर्सी खींचकर बैठ गई मैं। फिर मुस्कराने की कोशिश करते हुए पूछा,

"सोए कि नहीं? मैंने तो इसीलिए नहीं रोका था उस समय कि थके होंगे, ज़रूर सोना चाहेंगे।"

"बिलकुल ठीक सोचा आपने," इस बार मुझे ठीक से देखते हुए हँस दिए।

रामकली पास से गुज़र रही थी।

"बच्चों के बिना आपको सूना लग रहा होगा, इसी से और भी चली आई।"

"थैंक्स अ लॉट, बड़ा एहसान किया आपने।"

शायद उनकी मुक्त हँसी ने ही मुझे उकसाया। रामकली गुज़र गई तो टोक बैठी, "यह इतना टेढ़ा बोलना कब से सीख आए हैं।"

"पूछिए कहाँ से सीख आया हूँ।"

मैं हँसी ही थी कि केशो आ गया, होंठ अपने आप वापस सिकुड़कर ज्यों के त्यों रह गए।

शायद माहौल की असहजता उन्हें भी छू रही थी, "रत्ना कब जा रही है?"

"अगले हफ़्ते। इस बार ऋचा, रिंकी और ख़ासकर टुन्नू की वजह से काफ़ी ख़ुश रही। आपकी भी ख़ूब बातें करती है। इतने दिनों रह ली न आपके साथ भी।"

सुनते-सुनते ही उनका ध्यान जैसे कहीं और चला गया हो, ऐसे स्वर को ज़रा मद्धिम कर बोले, "एक बात पूछूँ?"

"पूछिए।" असहजता फिर घेर रही थी।

"रत्ना का यह नाम किसने रखा था?"

"क्यों?" मैं अनजाने ही चौंककर सतर्क हो गई। यह अनधिकृत क्षेत्र में प्रवेश का साहस कैसा?

"यूँ ही, मुझे अच्छा लगा और उसके ऊपर सूट भी करता है। पर आप... आप शायद कुछ और समझ बैठीं, न।"

"न...नहीं-नहीं..." मैं स्वयं को सिकोड़ती-समेटती पीछे हटती चली जा रही थी, सँभलकर बोली, "रिंकी ने रखा था। दरअसल, दोनों बहनों की रज़ामंदी थी।"

"आपसे बिना पूछे ही?"

"नामों के ज़रा से हेर-फेर में रखा ही क्या था," मैंने ज़्यादा ही तटस्थता बल्कि उपेक्षा बरतने की कोशिश की। फिर सहज हो पाने का भी जी-तोड़ अभिनय करती पूछ बैठी थी, "लेकिन आज रत्ना पर रिसर्च कैसे शुरू हो गई?"

"रिसर्च इतनी गहराई से न चलती, अगर आपने इसका रुख़ दूसरी ओर न मोड़ा होता," इस बार मुस्कराहट की चुहल मेरी दृष्टि से उलझकर मन के झरोखे तक में झाँक आने वाली थी।

और मैंने सिहरकर झरोखा बन्द कर दिया था। एकदम वह विषय ही छोड़ सुनते-सुनते की दूसरी बातें करने लगी, "टुन्नू अब तो सबसे ख़ूब हिल गया है। आपने सुना, ऋचा ने ग्लासगो में अपनी पेंटिंग की एक्ज़ीबिशन की थी। आपकी क्या राय है, रिंकी की सगाई की रस्म गरमियों से पहले कर दी जाए?" उन्हें कुछ भी सुनता न पाकर टोका, "मैं क्या-क्या बातें पूछ गई, आपने कुछ सुना ही नहीं। एक का भी जवाब नहीं दिया। क्या सोच रहे हैं?"

"वह आपको क्यों बताऊँ?" मैं चौंक गई। न झेंपे, न शरमाए, जिन ख़यालों में डूबे थे जैसे वहीं से झाँककर बोले। पूछा, "कैसे बोल रहे हैं। बचकाने से शब्द, मैं समझ नहीं पा रही।" मैं सचमुच घबरा सी गई थी।

"बचकाने नहीं," वे गम्भीर पर सहज भाव से बोले थे, "मैं सचमुच यही सोच रहा था कि सोचने के लिए हर आदमी कितना स्वतंत्र है। लम्हे भर में हम कहाँ से कहाँ सोच जाते हैं। उस पर किसी परम्परा, रूढ़ि या मान्यताओं का अंकुश नहीं। अभी आपके सामने ही, आपके लिए मैं क्या-क्या सोच जाऊँ, कुछ कर सकती हैं आप?"

"रामकली आई नहीं। कह दें उससे क्या बनाएगी खाना, रामकली!" ऐसा ही कुछ कहती मैं एकदम से उठ गई थी। नहीं तो लगा था इस तेज़ धार में बहती जाने कहाँ पहुँच जाऊँ। डूबती-उतराती चली जा रही थी हज़ार-हज़ार बिम्बों के बीच से असंख्य पुनर्जन्मों को महसूसती। उम्र की चट्टानों को फाँदकर अनेक रंगों वाली बिम्बमयी धारा मेरी चेतना का अभिषेक करती उमड़ती चली आ रही थी। न डूबने की यातना, न बचने की चेतना।

रामकली ताले लगा चाबियों का गुच्छा देने आई तो पूछा, "यहीं सो रहूँ आपके पास?" केशो भी जाते-जाते अदब से कह गया, "गैरेज के पास ही सोऊँगा। जब भी दरकार हो, बुला लें।" मैंने धीमे से सिर हिलाकर हामी भर दी। दोनों चले गए।

अब चुपचाप बिस्तर पर पड़ी थी। दूर-दूर तक नींद नहीं थी आँखों में। बस, एक मदिर प्रश्न था। हरे, गुलाबी, आसमानी, पीले...तमाम रंगों में मेरे चारों ओर एक रेशमी जाली बुनता हुआ। मैं जैसे छोटे से आँगन में बावली-सी उससे बच बच कर भागती रही और वह 'झाँ-झू' करके मुझे ढूँढ़-ढूँढ़ कर चिढ़ाता रहा, 'कर सकती हैं कुछ आप? सोचने पर कोई अंकुश नहीं...यहीं, आपके सामने, आपके लिए कुछ भी सोच सकता हूँ।'

जैसे अपने से ही प्रश्न कर बैठी थी और उत्तर का कोई निश्चित रूप-रंग स्पष्ट होने से पहले ही चेहरा अपने आप में झुक जाता। यह एक शब्द रंग-बिरंगी पंखुड़ियों के बन्दनवार की तरह हर तरफ़ झिलमिला रहा था। कितने-कितने इन्द्रजाल एक साथ पलकों में झूम रहे थे। भावनाओं का कौतुक चलता रहा।

फिर थोड़ी देर बाद स्थिर हो सोचने लगी, रामकली-केशो के सामने कुछ बोलना ठीक भी तो नहीं होता। सामाजिक मर्यादाओं की भी तो अपनी अहमियत है। कभी शान्त मन से बैठकर बातें भी तो नहीं हुईं। होतीं तो शायद कह पाती कि...

मुझे अपनी आँखों पर विश्वास नहीं हुआ है। वे सामने खड़े थे। हड़बड़ाकर उठने लगी, तो रोक कर कर बोले, "नहीं, मैं बैठूँगा नहीं। बैठने नहीं आया इस समय। मन अशान्त था, इसलिए बस आपसे एक उलझन सुलझाने आया हूँ। और आने के लिए यह समय इसलिए चुना, क्योंकि इससे पहले के माहौल में न मैं क्षमा माँगने की स्थिति में सहज हो पाता, न आप क्षमा करने की।"

रुककर, घड़ी की ओर नज़र डाली थी, फिर बोले, "शाम से अब तक के सारे समय में बस एक ही द्वंद्व मेरे मन में चलता रहा है कि शायद मैंने

बहुत अनुचित, बहुत अप्रिय बात कह दी है। सुनिए, वास्तव में आपने यही समझा तो सच कहता हूँ कि उसका उद्देश्य कहीं से भी आपको अप्रिय सुनाना या ठेस पहुँचाना नहीं था। आपका एकाएक इस तरह उठकर चले आना मेरे मन को कितने पश्चात्तापों से भर गया, आप नहीं जानतीं। तब से बस अपनी कैफ़ियत देने और आपसे क्षमा माँगने के तरीक़े ही ढूँढ़ता रहा हूँ, जैसे कहते-कहते वे थकते जा रहे थे, "हाँ, मैं भी तो युवक नहीं रहा, शब्दों में भी सीमा से बाहर नहीं जाना चाहिए न!" पर सच-सच कहूँ तो आपकी सीमा रेखा का अन्दाज़ भी नहीं था, ठीक-ठीक या जानते हुए भी रोक न पाया था। आप ज़िन्दगी में इतनी थक गई हैं, नहीं जान सका था। उस क्षण यही सोच बैठा कि जीवन में थोड़ी-बहुत सहजता होनी ही चाहिए, नहीं तो हम जैसों के लिए यह बोझ ढोना असम्भव ही हो जाएगा। ख़ैर, छोड़िए! हाँ, मैं वे शब्द पूरी क्षमा-याचना सहित वापस ले सकता हूँ?"

मैं समाधिस्थ-सी बैठी सुनती ही रही थी। कुछ क्षण शायद उत्तर की प्रतीक्षा में खड़े रहे, फिर चुपचाप लौट पड़े। एकाएक जैसे सात कठघरों को तोड़कर आवाज़ उनके पीछे दौड़ पड़ी, "सुनिए।"

"जी।" वे रुके।

"आपका प्रायश्चित्त हो गया। अब अपने कनफ़ेशंस शुरू करूँ क्या?" मेरी आवाज़ लगातार सिहरती काँप रही थी। उनकी आँखों में चकित प्रश्न था, लेकिन ऐसा लग रहा था, उस प्रश्न की उन्हें उतावली नहीं। इस क्षण मेरा कुछ भी कहना उन्हें अच्छा लग रहा था। अर्थ की परिधि से परे शब्द भर ही शायद उनके लिए बहुत थे। वैसा ही सम्मोहन लिए खड़े रहे तो बोली, "बैठिए न! विश्वास रखिए, आपको अधूरे वाक्य के बीच अपमानित कर उठूँगी नहीं, न बैठा छोड़कर अभद्रतापूर्वक आराम करने ही जाऊँगी। बस, ऐसी ही अन्तहीन स्वीकृतियाँ और जोड़ लीजिए।"

"स्वीकृतियाँ नहीं, अस्वीकृतियाँ," वही उनकी अपनी मुस्कान उलाहने और व्यथा से भरी।

"अस्वीकृतियाँ क्यों?"

"मेरे सारे आग्रह आप लगातार अस्वीकार ही तो करती आ रही हैं। तीर्थयात्रा की बचकानी ज़िद छोड़ देने का आग्रह, बच्चों के साथ ग्लासगो चलकर रहने का आग्रह। कुछ माना आपने?"

"आपको कारण भी तो बताया था," मेरा वाक्य दयनीय सा हो आया।

"वह झूठा कारण था। उसका समाधान भी मैं कर चुका हूँ। यह भी कह चुका हूँ कि अभी डेढ़-दो साल तक ही शायद मैं इधर रहूँ, फिर शायद पक्के तौर पर ग्लासगो या वहीं कहीं आसपास शिफ़्ट कर जाना पड़े। रत्ना के लिए भी आपको चिन्ता नहीं करनी।"

"आख़िर आप मुझे इस घर से घसीटकर क्यों ले जाना चाहते हैं, बोलिए?"

"सच-सच कह दें," निर्निमेष मुझे देखते हुए बोले, "मैं...मैं...आपको वैरागिनी-सी इधर-उधर भटकने नहीं दे सकता, किसी हालत में नहीं। चाहे सारा बिज़नेस छोड़कर यहीं वापस क्यों न आ जाना पड़े।"

स्वर का आवेग बढ़ा था, पर चेहरे पर उस आवेग में बह जाने की कोई शर्मिंदगी नहीं थी। उनकी दृष्टि का चुम्बक मेरी समूची चेतना को खींच रहा था।

"मेरे सुख, मेरे संतोष के प्रति इतना आग्रह क्यों पाल लिया आपने..."

"पता नहीं...मैं कारण के पीछे भागता नहीं। या आग्रह नहीं, इसे अपना स्वार्थ न कह लें। समझने के लिए आप भी स्वतंत्र हैं। कुछ भी समझ लीजिए, मुझे आपत्ति न होगी," कहकर मुझे मंत्रबद्ध कर मुस्कराए थे।

"और अगर मैं 'न' कहकर एक ओर अस्वीकृति जोड़ दूँ?"

"इसके लिए अब आपकी अनुमति ही नहीं लूँगा।"

यह अधिकार भरी गर्वोक्ति, यह पौरुष, यह सम्मोहन! क्या होता जा रहा है मुझे। और कितना कठिन है यह भावनाओं का अंकगणित। कभी स्वामित्व का अहं, कभी शासित हो जाने का उन्माद। कितना सुख है एक सख़्त अधिकार

भरे स्वर के नीचे शमित हो जाने में। कितना सुख है विश्वास के सामने झुक जाने में। कितना सुख है शक्ति के समक्ष समर्पण में।

"क्या सोच रही हैं, किसी नए शास्त्रार्थ की योजना? किसी नए तिलिस्म की रचना?"

कहना चाहा था कि कैसा तिलिस्म? मेरे सामने ही तो मेरे सारे तिलिस्म चकनाचूर करके बहाते जा रहे हो तुम। लेकिन मैं बोल कहाँ पा रही हूँ, शमित जो हो चुकी अब। अच्छा है बहा दो। मिटा दो सब कुछ। असह्य हो रहा है मुझे अपने-तुम्हारे बीच का यह बोझ।

माथे पर रखी उनकी हथेली मुझे सिर से पाँव तक किशोरी-सी सिहरा गई थी। स्पर्श का मात्र आभास नहीं, यह पहली अनुभूति थी जीवन में, जो अंग-अंग में सुगन्ध बनकर बह रही थी। बेसुध थी मैं, उसी सुगंध के वात्याचक्र में।

चौंककर देखा, माथे से हाथ हटाकर वे गालों पर ढुलकी दो आँसू की बूँदों को पोंछ रहे थे, "मेरे ऊपर विश्वास कर सकोगी, शिवा।"

'शिवा', 'कर सकोगी'—क्या है यह सब?

"मैं...मैं शिवा नहीं, शैव्या हूँ। सत्य के दाँव पर बिकी हुई।"

"बिकी हुई! नहीं, समर्पित हो गई। सब जानता हूँ। पर अपने लिए तो मैं तुम्हें कोई सा नाम देने को स्वतंत्र हूँ। यह सब मैंने जानबूझकर तुम्हें नाम देने के उद्‌देश्य से ढूँढ़ा नहीं, तुम्हें निरन्तर देखते-देखते बस जो शब्द होंठों पर आया, वह यही था—शिवा—शिवत्व—दिव्य।"

सुनते हुए लग रहा था, यह शब्द उन्होंने ऐसे ही नहीं बोला है। उसे दूध की धार से धोकर, नन्ही पंखुड़ियों से सँवारकर धीमे से मेरे सामने रख दिया है।

और अब वह शब्द मुझे भी दुग्ध धार से धो रहा है, पंखुड़ियों से सँवार रहा है, गंध पवन से सुवासित कर रहा है। यह शब्द का पारस मुझ पाषाणी को कंचन रूपा करता जा रहा है। मुझे भी सँवारा जा सकता है, सहेजा जा सकता है, कहाँ जानती थी मैं?

चंदन के घोल में लपेटता कोई मुझे एक नए संजीवनी ढाँचे में ढालता जा रहा है। उससे ढलकर निकलती मैं कितनी हल्की, कितनी उन्मुक्त सी हो

रही हूँ। हाँ, यही जीवन है, यही जीवन है जो एक शब्द के शिल्पी ने मुझे दिया है। हाँ, उन्मुक्त हूँ मैं, एक अनंत अनुरागी साम्राज्य की सम्राज्ञी, और यह साम्राज्य उम्र, समाज और उसकी रूढ़ियों से परे अपने आपमें पूर्ण है। इसे कोई और छद्म नाम देकर तिलिस्म में क़ैद नहीं करूँगी।

"शिवा, जीवन के प्रति आस्था रखो। भ्रम मत पालो, जीवन सुन्दर भी है।"

ये उनके शब्द थे या मेरे या हम दोनों के! मैं स्वयं को अब शिवा छोड़कर दूसरा कुछ सम्बोधित नहीं कर सकती थी। मैं स्वयं भी अपने को बुला रही थी और वे भी।

"आओ, शिवा!"

वह रात शायद एक अकेली रात थी, जब मैं एक पूर्ण नारी थी—अपनी चाहना में, जिससे मैं मुग्ध भाव से पुरुष प्रियतम को देखकर रोमांचित थी। उस रात मेरी भौंहों में विलास था, होंठों पर स्पंदन, शिराओं में उन्माद। मेरे शरीर का पाषाण मोम बनकर पिघल रहा था और...और मैं, एक नारी शरीर से, मन से पूरे समर्पण, पूरी तृप्ति के लिए छटपटाई थी।

उस रात तृप्त थी मैं, साकार तृप्ति। आश्वस्त शब्दों में वे मुझे समझाते जा रहे थे, जैसे मैं अबोध बालिका होऊँ, "भावना की कोई उम्र नहीं होती, शिवा! क्रोध, लोभ, घृणा और दया—इन पर कभी उम्र का आधिपत्य रहता है? तब मोह को ही क्यों अपवाद मान लें हम? प्रेम भी कैसे किसी ख़ास उम्र की पूँजी हो सकता है? प्रदर्शन के ढंग हम भले ही बदल देते हैं, लेकिन आश्वस्ति तो रहती है अपने और भी प्रगाढ़ रूप में। वही आश्वस्ति तुमसे चाहूँ तो? और यह आश्वस्ति चाहिए तुम्हारे मन की।" फिर जैसे मैं एकदम बालिका से युवती हो गई थी और वे सम्मोहित से बोले थे, "वैसे एक बात कहूँ, तुम्हें देखने के बाद मेरे लिए तन भी उतना ही प्रेय हो गया है, जितना मन। इसे अपनी आकांक्षा कहूँ, या तुम्हारा सम्मोहन, पर पहली बार मुझे कोई तन इतना दिव्य लगा। तुम भी छद्महीन होकर सोचो तो शिवा यह शरीर त्याज्य है क्या?"

यह शरीर...लगा जैसे ढेर सारे दूधिया बल्ब एक साथ जल उठे हों और मैं

नहा उठी होऊँ रोशनी से। स्वयं मैं शायद पहली बार अपने सौन्दर्य पर मुग्ध थी।

वे कहते जा रहे थे, "सारी प्रवृत्तियों, मनोवेगों और कामनाओं का एकमात्र आधार यह शरीर ही तो है। शरीर के माध्यम से ही तो हम मन से सम्पर्क करते हैं। कल्पना करो किसी आकारहीन के प्रति घृणा की, प्रेम की या आक्रोश की...सब कुछ शून्य है, शिवा। शरीर के बिना, रूप के बिना, सौन्दर्य के बिना आस्था, श्रद्धा, प्रेम और पूजा किसकी होगी? पूजा, जिसमें पुरुष की भी पूर्णता रहती है। जानती हो, शैली को जब तक दे सका सच्चा, ईमानदार प्यार दिया, पर पूज नहीं सका था। और इसी से अब तक अपूर्ण रह गया। शायद यह भी अपनी एक घुटी-घुटी आकांक्षा थी। अपनी पूजा के लिए एक दिव्य माध्यम ढूँढ़ पाने की, जिसे मेरे अन्दर की सम्पूर्ण आस्था समर्पित हो।

"तुम वही तृप्ति हो। मेरी पूजा की तृप्ति...तृप्ति...तृप्ति..." अचानक हिमनद जैसे सहस्र प्रवाहों में होकर फूट चला हो।

सुबह आँखों पर सहसा तीखी रोशनी की धारें पड़ीं तो चौंक कर जग गई, जैसे बहुत ऊँचे उड़नखटोले से उड़ते हुए नीचे खाई में गिर गई होऊँ। चढ़ आए सूरज की किरणें सारे कमरे में भर गई थीं। पलकें उठाते ही सामने दीवार पर सेठानी माँ का हीरे-मोतियों से लदा चित्र। सुनहरे फ्रेम के अन्दर से बेधती आँखें। सब कुछ भाँपने-समझने वाली दुनियादार मुस्कान। मैंने दृष्टि घुमा ली। मेटल पीस पर चाँदी के फ़ोटो-फ्रेम में, नुकीली मूँछों और पन्ने-पुखराज की अँगूठियों से सजे वे मेरी बग़ल में निश्चिन्त भाव से मुस्करा रहे थे। मैंने घबराकर फिर से दृष्टि घुमाई थी, तो सामने दुलहन वेश में ही ऋचा-रिंकी के साथ खिंचा मेरा दूसरा चित्र था। पलकें असहाय-सी कमरे में इधर-उधर जैसे उन दीवारों के बाहर निकल पाने को फड़फड़ाने लगीं, पर हर जगह वही मोटी मज़बूत दीवारें, बड़े-बड़े ताले बन्द अलमारियाँ,

पुराने बहीखातों और रजिस्टरों के अम्बार। लेटे-लेटे भी दिखी खिड़की के नीचे बरामदे में रखी उनकी बड़ी सी आरामकुर्सी।

घबराकर उठ गई। शीशे पर दृष्टि रुकी तो आँखें लाल-गुलाबी डोरों में कसी-कसी सी, थकान से पस्त समूचे शरीर में एक सिहरती हुई लहर कि रामकली की आवाज़ कानों में पड़ी। केशो से चिन्ताग्रस्त स्वर में कह रही थी, "कभी सोई हैं इतनी देर तक? मुझे तो इन्हीं की फ़िकर है। देखते नहीं, क्या हाल बना रखा है अपना? न खाने की फ़िकर, न सोने की। हमेशा उसी सोच में बावली सी डूबी रहती हैं। जानती थीं अभी ये अकेली रहने लायक़ नहीं, पर लड़कियों को इतनी समझ कहाँ? यह सब कहाँ सोच सकें? क्या करूँ, कैसे समझाऊँ, इस कोठी की तो सब शान ही ख़तम हो गई। क्या था, क्या हो गया। यह तो कलेजे की चोट है, केशो! समझो तो बहुत कुछ, नहीं तो जाना तो एक दिन सबको है। देखो, साल बीतने को आया..."

रामकली मेरे दुख से हिलक-हिलक कर रो रही थी और मैं काठ-सी निस्पंद, प्रेतग्रस्त सी आँखें फाड़े चारों ओर रुपहले फ्रेमों में जड़ी घूरती तसवीरों, हिसाबी रजिस्टरों, अलमारियों, तिजोरियों और चाबियों से घिरी बैठी थी। अचानक मुझे लगने लगा—ये सारी चीज़ें, सेठानी माँ, वे, केशो, रामकली और यह सारा माहौल तेज़ी से मेरे चारों ओर घूम रहा है। मैं लाख तड़फड़ाने पर भी बाहर नहीं निकल पा रही। आँखें फाड़-फाड़ कर देखने की कोशिश कर रही हूँ, पर कोई एक चीज़ या एक आकृति स्पष्ट नहीं हो पाती, बस, सब गड्डमड्ड हो एक दैत्याकार मनहूस माहौल के रूप में मुझे घेरते आ रहे हैं। जैसे सचमुच दम घुट रहा हो। बचने के लिए झटके से उठी कि पलंग के साथ लगी तिपाई से जा लड़खड़ाई। आवाज़ सुनकर रामकली भागती हुई आई, "क्या हुआ?"

लेकिन मेरा चेहरा देखकर वह जहाँ की तहाँ खड़ी रह गई, "क्या हुआ? रात भर जगी रहीं मुझे क्यों न बुला लिया?"

बस यही लगा, मैं अपने घर में अपनी ही संचित निधि चुराते पकड़ ली गई हूँ और रामकली शोर मचा-मचा कर भीड़ इकट्ठी कर रही है।

रुद्ध बौखलाए स्वर में जल्दी से कह गई, "चुप रहो रामकली, कुछ नहीं हुआ मुझे।" और वापस पलंग पर पड़ गई। घबराई सी वह चाय लाने चली गई। चाय रखकर मेरी उपेक्षा या तटस्थता को किसी तरह नकारते वह सहमी आवाज़ में बोली, "न हो तो कोई गोली खाकर लेट रहिए एक-दो घंटे।"

मैंने हाथ के इशारे से उसे चुप कर दिया, लेकिन तब तक शायद रामकली का ही चिन्तातुर स्वर सुनकर वे चले आए थे, "क्या हुआ? तबीयत ठीक नहीं?"

"न-नहीं, यों ही," मैंने टाला।

"नहीं, लापरवाही ठीक नहीं। डॉक्टर को फ़ोन करता हूँ।"

पता नहीं क्या हुआ मुझे कि एकदम कड़वी आवाज़ में हाँफती-सी चीख उठी, "नो, प्लीज़!"

और वापस तेज़ी से लड़खड़ाती हुई कमरे की ओर मुड़ गई। उत्तेजना में कमरे के दरवाज़े तक भेड़ दिए। सब कुछ एक झटके से चकनाचूर कर चुकी थी। अब किसी तरफ़ आँख उठाकर देखने में भी दहशत-सी हो रही थी। चुपचाप तकिये में पूरा चेहरा गाड़े निश्चेष्ट औंधी पड़ी थी। यह कैसा सर्वनाश भरा विद्रोह? आख़िर किसके प्रति? इतने अधिकार और विश्वास से थामे हुए अपनत्व को किस तरह एकाएक झपटकर, छीनकर टुकड़े-टुकड़े कर हवा में उड़ा दिया? क्यों? क्यों?? क्यों??? मैं भरपूर हिचकियों को दबाती फफक रही थी, और समीक्षा चलती जा रही थी। मुझे अस्वीकार का अधिकार है, लेकिन अपमान, वह भी इस तरह रामकली के सामने उनका।

दोपहर रामकली खाने के लिए बुलाने आई। जैसे अपने से ही कह रही थी—दो दिन को आए और सुबह से निराहार...टेबुल पर उनकी भी प्लेट लगी थी।

रामकली परसती रही। हम अलग-अलग चुपचाप खाते रहे, रेस्तराँ में एक टेबुल पर बैठे दो अजनबियों की तरह। एक पूरा समंदर मेरे ऊपर-नीचे चारों तरफ़ जमा हुआ था और मैं बहुत नीचे तलहटी में घुट रही थी।

खाना ख़त्म कर वे कुछ पल गुमसुम बैठे रहे। फिर किसी तरह बहुत धीमे स्वर में सारे माहौल का बोझ उठाते से बोले, "शाम मुझे चले जाना है।"

'चले जाना है...' 'जाना है...' जमे समंदर में क़ैद मैं महसूस कर रही थी। शेष माहौल में उठते बवंडर को। सब कुछ उखड़-पखड़ कर खपच्चियों-सा बेतरतीब इधर-उधर उड़ रहा था। मैं कुछ कर क्यों नहीं पा रही? क्यों नहीं कह पा रही कि जाना है? कहाँ? मैं भी तो चलूँगी। छल-छद्म से हीन तुम्हारे अनुरागी संसार में। दूध की धार से धुली पंखुड़ियों से सँवारी, उन्मुक्त, हल्के-हल्के तिरती हुई। अचानक बर्फ़ कड़की थी। समन्दर ज़ोर से लहराया था, पर एक अदृश्य चट्टान के ज़ोरदार धक्के ने वह लहर लौटा दी थी और उसी चट्टान की नोक से एक रूप-रंगहीन पत्थर के टुकड़े जैसा स्वर फूटा था, "अच्छा," थोड़ा रुककर कहा, "बच्चों से मिलकर जाते तो अच्छा हो..."

बच्चों के नाम से उनके चेहरे पर एक क्षणिक दीप्ति आई और बुझ गई, "हाँ, ठीक है, मिलकर जाऊँगा," शायद वे भी मेरे आसपास ही उसी समंदर से कहीं घुट रहे थे, "फिर न जाने कब आ पाऊँ।"

मैं माहौल की मनहूसियत से जड़ी-जमी एकदम शून्य-ख़ाली आँखों से पूछ रही थी, "क्यों?"

"काम बहुत बढ़ गया है, बात कुछ ख़त्म करने की भी सोच रहा हूँ। फिर शायद सालों बाद इधर आना हो या शायद कभी नहीं। सोचता हूँ, ये लाखों-हज़ारों के कॉन्ट्रैक्ट्स, ऑर्डर्स, सप्लाई सब क्यों? किसके लिए? सब कुछ कितना असंगत! यह सब छोड़कर अनाम हो कहीं सुखपूर्वक क्यों न रहूँ? मेरे पैरों में तो कोई मोहपाश भी नहीं।"

उन्होंने वे तड़पती आँखें मुझ पर टिका दी थीं। पुरुष की व्यथा जो नारी की पीड़ा की तरह धार-धार होकर नहीं बहती, भँवर की तरह ख़ूब गहराई तक उन्हें मथ रही थी।

मैं सुध-बुध खोकर उसी भँवर में कूद पड़ना चाहती थी—हाथ पकड़कर उन्हीं के साथ डूबने के लिए। लेकिन दूसरी तरफ़ जैसे कोई भयानक छाया विद्रूप भरे हास्य के साथ मुझे आँखें तरेरकर मना कर रही थी। कहा न, एक ऐसी हांटेड स्थिति जिसमें करना कुछ और चाह रही होऊँ और बलात् मुझसे करवाया कुछ और जा रहा हो। कहना चाह रही थी कि लाओ, रोपो इस आँचल

में जो नई फ़सल रोपना चाहते हो। बाँधो असंख्य मोहपाशों के बंधन जो मुझे जनम-जनम तक बाँधे रहें। लेकिन तभी उस मनहूस छाया ने अदृश्य कोने से वर्जना की उँगली दिखाकर मुझसे वज्र स्वर में कहलाया था, "मोहपाशों की कल्पना ही सुखद है। जो इससे मुक्त हो जाए, वह भाग्यशाली है।"

आह, इस एक क्षण का सबसे बड़ा झूठ...उन्होंने तड़पकर मुझे देखा था। मानो कह रहे हों—नहीं, अब तो तुम यह नहीं कह सकतीं। फिर दृष्टि शान्त हो गई। मुझे देखते ही जैसे मुझसे बहुत दूर चले गए और उनका धीमा करुण स्वर उभरा था, "तुम्हारा हर शब्द मुझे स्वीकार है।"

बस, यवनिका गिर गई थी।

और अब यह असफल अभिनेत्री अपनी सारी हास्यास्पद उपलब्धियों के साथ इस बंजर धरती पर खड़ी है।

सामने वही निरन्तर प्रवहमान जीवन की धारा है, नावें हैं ढेर सारी। एक पर ऋचा है—टुन्नू को बाँहों में झुलाती, प्रबोध के कंधे पर सिर टिकाये एक लुभावना गीत गाती हुई। दूसरी पर रिंकी है—मान भरी रूपगर्विता-सी शान्तनु पर कटाक्ष भरी रस-वर्षा करती। तीसरी पर रत्ना है—घुँघराले बालों के कटे गुच्छे कानों तक सँवारती, चीफ़ गेस्ट से हाथ मिलाकर गोल्ड मेडल लेती हुई या बेस्ट एथलीट का कप लिये शाट्र्स और शर्ट में लड़कियों के कंधों पर उछलती। अचानक लगता है रत्ना ने मुझे भीड़ से अलग अकेली देख लिया है, और वह सबको छोड़कर दोनों बाँहें फैला कर मम्मीऽऽऽऽ कहकर मेरी ओर दौड़ आई है, लेकिन हमेशा की अभ्यस्त और सतर्क मेरी बाँहें फैली नहीं, नीचे झूल गई हैं कि कहीं ममता की अदृश्य धाराएँ रत्ना को ऋचा-रिंकी से ज़्यादा न भिगो दें। कहीं मेरा प्रतिज्ञा-पत्र जाली न साबित हो जाए। प्रतिज्ञा-पत्र जो बरसों पहले शीशमहल के सतरंगे खम्भों के काँच में क़ैद अपनी परछाईं को देखकर लिखा था।

अन्त में, एक आत्मस्वीकार और रत्ना से भी कहना है। सारे जीवन में बस दो रातों को इस प्रतिज्ञा-पत्र के हस्तक्षेप को नकारा है। एक दिन जब वह आठ घंटे की थी और सारी रात जग-जग कर उसे बाँहों में भींचती रही... रत्ना के लिए...

दूसरे दिन जब पौरुष का साकार दर्शन कर गार्गी सचमुच शास्त्रार्थ में हार शमित, दमित और समर्पित हो गई थी...अपने लिए...

मेरी मुट्ठी में मेरी अपनी ये दो रातें ही हैं। शेष सारा जीवन संधि-पत्रों के नाम...

और आज तो उन प्रतिज्ञा-पत्रों के साथ एक दूसरा स्वीकृति पत्र भी है मेरे पास—रत्नेश का दिया। बस, इन्हीं संधि-पत्रों को लिये मैं हाथ हिला-हिला कर विदा देती जा रही हूँ, एक के बाद एक—ऋचा को, रिंकी को, रत्ना को, प्रबोध को और रत्नेश को...